三民叢刊 163

說故事的人

彭歌著

三民書局印行

前記

小說創作不應該祇是說故事，這是中外許多位理論家都曾強調過的看法。我自己也曾對之深信不疑。可是，小說創作畢竟不是照著理論推演就可以辦得好的事，晚近讀了若干中外小說作品，逐漸體會到任何一種理論，都不可「過頭」：走極端。寫小說而沒有說故事的技巧，終究是不行的。寫作者不可太好高騖遠，要能在說故事之外對讀者有所啟發，那就好了。但總應該先有「引人入勝」的本領才好。

當代一位女作家說，一個真正作家和一個「也許可能成為作家」的人之間的分別，就在於他熱愛寫作的程度。有些人常說：「當我有時間的時候……」，他們大概永遠也寫不成。這段話對於愛好寫作的人們來說，應該頗有啟發作用。她奮力寫作的歷程，十分感人。

第一輯「故事與小說」，從不同的角度來探討當前小說寫作的一些問題。密契納那本以《小說》為名的小說，就很有意思。

第二輯「人與文」，側寫幾位人物，有的是夙所敬重的前輩，有的是相交多年的知友，也有幾個我教過的青年。其中不可避免也談到幾本書——人與文其實是分不開的。此生能結識這些位「老中青」的好人，是極可感念的事。

第三輯「海外生涯」，近年海外閒居，淡泊自處，有些老人自遣之事，如旅遊、看球、讀閒書；遇到興會淋漓之時，不免揮筆一記，或有可博讀者一粲之處。我的生活經驗沒有甚麼值得宣揚的獨得之秘；不過，退休歲月如此排遣，也算是一種自我修持吧。

夜深不寐，遙望霜天寥闊，百感交集，說不盡的悵觸；也許我們這個時代特別需要長於說故事的人，為我們留下一些歷史以外的紀錄吧。

說故事的人目次

第二輯　人與文

第三輯　海外生涯

第一輯

故事與小說

說故事的人

當人們慨嘆小說越來越沒落的時候，仍然有許多人確信，小說是人性的一部分，小說不會死亡。我自己便是屬於這樂觀派分子之一。但小說的生命如何能傳延光大，不是光靠小說家妄自尊大而來。小說家固然不應阿俗媚眾，跟隨著流行的曲調而起舞；但也不宜故步自封，崖岸自高，抱著自以為是的偏見，像鴕鳥一樣把頭埋在沙裡。

所謂純正文學與通俗文學的界線，越來越不再是涇渭分明。通俗文學或被稱為大眾文學；正因為它與大眾呼吸相通，於是得到眾人接受甚至歡迎。在為數頗多的熱心讀者心目中，通俗小說即使不足以登上文學的殿堂，卻是他們喜歡的、欣賞的讀物。

過去，小說家很不情願被稱為「說故事的人」，故事之外應該有更高一層的理想，更深一層的意義。但，近年來的體驗讓大家覺識到，小說家如果連故事也說得不生動，則所謂追求理想、宣揚人生意義等等，恐怕也祇是徒勞無功。

從事寫作的人，和喜歡旅行的人一樣，很樂於分享同道者的甘苦經驗談。最近讀過柯拉克女士(Mary Higgins Clark)的小說和訪問記，她沒有高深學歷，更沒有良好的寫作環境，惟憑著一腔熱誠和鍥而不舍的辛勤努力，寫下了十來本小說，單在美國便銷行了三千萬冊以上。當然，單單是暢銷作家，不足令人稱羨，值得重視的是她對寫作的態度和過程——對於愛好小說寫作的人們，頗有鼓勵與啟迪的作用。

以下的「答客問」，也可能是自問自答，從對談中也可體會到她的「人間性」。

「妳的小說目前都成為世界級的暢銷書。究竟妳的作品廣受歡迎的秘訣是甚麼？」

柯拉克女士回答很簡單：「我寫的都是人間共有的感情和人際關係。讀者們都可以設想，他們就是我小說裡的人物。」

問：「妳寫的小說裡那些情節的靈感是從何而來？」

答：「從現實生活中來的。我經常去旁聽刑事案件的審理。犯罪案件裡偶發與巧合的因素十分驚人。舉個例子吧，新澤西州一個年輕的女護士駕車去上班，當她遇到紅燈停在街口時，有一個人強行登車。幾分鐘之後，她死了。她本來要去工作，她並沒有犯甚麼錯誤或作甚麼傻事。她就是我小說中的典型人物之一——那些人都沒有故意去找麻煩，事情卻發生在他們身上。」

問：「妳寫的都是些甚麼樣的人？」

答：「都是好人，不幸他們的生活被罪惡侵犯了。那些人物都是我們熟悉、認識的人——過著正常的生活，從事自己的工作。我書中的女主角都是堅強的女性，能憑自己的力量解決自己的困難。到結局時，有一個男人出來幫助她，不過基本上還是靠她自己排除險阻，渡過難關。」

問：「妳從何時開始立志要作一個作家？」

答：「當我還是個小孩的時候。我的第一篇作品是一首小詩，那年我七歲。我至今還保留著那首詩，寫得很糟，但我母親認為很好，家裡每來一位客人，她就叫我背一遍。我猜想客人們一定煩得要命，但母親這樣的熱心獎勵，使我幼稚的才能大受鼓舞。從七歲那年，我一直在寫日記。至今我仍會重讀早年的日記，回顧當年情景。記日記對我寫小說有很大的幫助。別人不能看，我把日記都鎖在箱子裡。」

問：「有甚麼早年的生活經驗對妳有重大影響嗎？」

答：「我在紐約市的布朗克斯區長大。我父親在那兒開了一家酒吧和燒烤店。十歲那年發生了令我震驚的大事。有天早晨到教堂望彌撒之後，回到家門口看到許多鄰人圍聚著。父親在睡夢中逝世。母親獨力把我和兩個兄弟撫養成人。當頭一天我向父親道『晚安』時，沒想到那是我最後一次跟他講話。父親的猝然長逝，使我開始認識了生命的脆弱與人世的無常。母親的榜樣教導了我達觀的人生態度。我書中人物都是達觀開朗，富於機智。當災難臨頭時，他們都能堅強弘忍，處變不驚。」

問：「妳父親去世，對妳的生活發生了甚麼影響？」

答：「全家的日子都改變了。我母親要找工作，但當時一個中年以後的女性想要重返就業市場，根本是不可能的。她祇好替別人照顧小孩，我在讀中學，也兼差作臨時的小保姆和電話接線生。中學畢業後，我進了秘書學校，這才找到一份工作，補貼家計。」

問：「所以，妳就犧牲了上大學的機會了？」

答：「祇是延遲了若干年。當我的兒女們都已長大，我自己也已靠寫作成名之後，才去讀大學。一九七九年，我在福坦大學畢業，以最高榮譽的成績獲得哲學學位。為了慶祝，我為自己辦了一個小小聚會，邀請書上寫的是：『此會已遲了二十五年，請早光臨，勿再遲到。』」

問：「在妳成為專業作家之前的那些年，有甚麼遭遇？」

答：「唸完了秘書學校，我先在一家廣告社工作了兩年。有一天，有一個朋友，是泛美航空公司的空中小姐，她講了一句話改變了我的一生。她說：『天啊，加爾各答可真是熱得要命。』我聽了之後，突然想到我也要週遊天下，到處看看；於是就和泛美簽約，作空中服務員。我的航班包括歐、非、亞洲各地。敘利亞革命時我在場，鐵幕低垂之前，我曾隨最後一班班機進入捷克。飛了好幾年，才和華倫・柯拉克 (Warren Clark) 結婚。」

問：「妳何時開始把寫作當作專業的？」

答：「結婚後，我到紐約大學選了一個寫作的課程。有位老師的教誨令我受惠匪淺。他說，『要寫妳知道的題材。找出一件戲劇性的意外事件，而那是妳熟悉的，一路寫下去就行了。』於是我想到我最後一次飛往捷克的經驗，想像出一些情節。假想那位空中小姐在快要起飛時，發現機上隱藏著一個十八歲的男孩，他是地下反共組織的成員，要搭這班飛機偷渡出境。這就是我寫的《偷渡客》。但寫成之後過了六年，前後收到了四十封退稿函，直到一九五六年才有一家雜誌同意發表，我收到稿費一百元。我把他們給我的第一封同意發表那篇作品的信，裝了鏡框保存起來。」

問：「妳早年孀居，有五個幼小的子女，這種情形是否阻礙了妳要專心寫作的目標？」

答：「沒有，恰恰相反。為了填補空虛，我決定專心寫作。我的五個兒女，最大十三歲，最小的才五歲。由於外子心臟不佳，不能參加醫療保險，所以我必須工作。就在他心臟病發去世之前幾個小時，我和一位從事寫作廣播劇的朋友通電話。她勸我和她合作，寫廣播劇，我答應了。一直寫了十四年，就靠這個工作的所得養家餬口。這套廣播劇每週播出五次，每個單元四分鐘，有五百家電臺播出，主持節目的都是名流。不過，我知道光寫廣播劇本是不夠的，我要寫書。」

問：「妳寫的第一本書是甚麼書？」

答：「是以華盛頓總統為主角的傳記體小說，根據我當時正在寫的『愛國者畫像』廣播劇的材料而來。那本書在商業上是大大失敗，但它證明了我能寫書，而且也有人會出版。」

問：「妳要教養五個孩子，又有一份工作，怎麼還能抽出時間去寫作？」

答：「孩子們小的時候，我養成習慣，清晨五點鐘起身，在廚房的桌子上寫到七點鐘。然後就照顧孩子們上學去。一個真正作家和一個『也許可能成為作家』的人之間的分別，就在於他熱愛寫作的程度。某些人常說，『當我有時間的時候』，『當孩子們長大了以後』，或是『當我有一個安靜的寫作環境的時候』，他們大概永遠也寫不成。」

問：「妳現在甚麼時候寫作？」

答：「我還是喜歡早晨寫作，時間稍遲一些，六點鐘開始。我並不特意尋找幽僻之所。活活潑潑、生氣蓬勃的家人們能使我的聽覺更為敏銳。」

問：「妳的兒女們現在都好吧？」

答：「我女兒嘉露也寫作，出版了三本懸疑小說。次女瑪麗蓮是高等法院的法官。三女白蒂在期貨市場擔任行政助理。大兒子華倫學法律，是市法院的法官。小兒子大衛是名人廣播公司的總經理。我有六個孫兒女。」

問：「甚麼理由使妳從事寫作懸疑、神秘一類的小說？」

答：「我決心要寫一本書，至少要比寫華盛頓的那一本出路好一些。要看一個人想寫甚麼書，很好的一條線索是看他自己喜歡讀甚麼書。所以，我就想寫一本懸疑性的小說。這就好像探勘人一腳踩到金礦上。我寫完了《孩子們在哪兒？》，這是我的第一本暢銷書，也是我生命中和寫作生涯的轉捩點。」

問：「妳家族的背景是愛爾蘭人。這一點，是否對妳的寫作也有影響？」

答：「愛爾蘭人天生都是會說故事的人。我的祖父母都在愛爾蘭出生，我父親也生在那裡。每當家庭聚會時，我母親、姑母、老姑婆，表兄弟姊妹們圍桌而坐，就講起故事來了。每件事都不是三言兩語，而是曲曲折折。當一個表姐跟男孩子約會，長輩們對那男孩子頗有意見時，她們不會直接去批評他，而是要大兜大轉地講一個古老的故事。她們講的故事，有的令人傷心，有的引人發笑，我坐在桌邊，全都聽進去了。家族中那些人，有的就是我書中人物的原型。」

問：「妳的小說有幾部拍成了電影？」

答：「有兩部拍成了電影長片，三部拍了電視影集。有一部在加拿大拍的電視劇中，我還充當了祇有一句臺詞的演員，扮演一個從教堂裡走出來的太太，和神父打招呼。朋友們看了說我真是天造地設去演那個角色。」

問：「妳對於影視界改編妳的作品上演有何意見？」

答：「當你把一部書的攝製權讓售給電影或電視公司之後，等於是把自己的孩子讓別人領養一樣。你祇望它好運亨通，但卻完全失去了控制。電影電視和文學是不同的媒介，任何人都無法把小說照你的想法絲毫不走樣地拍成影片。看著別人把你的作品拍成影片是很有趣味的事。我不能花太多時間在拍攝的工作現場，但我很喜歡去旁觀兩三天，或在劇中插上一腳。現在大家都知道我和希區考克（名導演）一樣喜歡作臨時演員，粉墨登場，更加有趣。」

問：「妳的作品也製成了錄音帶，妳覺得怎樣？」

答：「我第一次聽到錄音帶上放出我一本小說，是在汽車上，我聽得那樣入神，竟誤闖過一個『停車』的標誌。我很喜歡聽書——不祇是自己的，也包括別人的。我每日乘車往來於新澤西州，還有夏天到鱈魚角度假時，路上要開五個小時，在車上聽到平日沒有時間讀的好書，真是好極了。從錄音帶上聽書，使我回憶起早年聽廣播的情景。我幼年害氣喘病，一年要請上四十天病假。在漫長的養病期間，我就很喜歡聽廣播劇。我很高興自己的作品製成了錄音帶，願意閱讀或是聽書，讓讀者可以有一個選擇。」

問：「妳在作品中介紹了極為不同的各種世相。妳為何能使讀者都感到真實感？這真實感正是妳的特色。」

答：「我的社會背景提供了新鮮而不同的特色。我的小說背景中都包括了新的潮流和社會問題。為了每一本小說，我都作過很透徹的研究。」

問：「妳被人們稱為『懸疑小說女王』，妳認為妳自己寫作才能的要素是甚麼？」

答：「作一個說故事的人。小說家辛格 (Isaac Bashevis Singer) 是一位很熱心的懸疑小說的讀者。他在接受美國懸疑小說作家協會的頒獎禮上，曾說過幾句極其簡單而意味深長的話。辛格說，一個作家應該把自己首先看作是一個說故事的人。每一本書或每一篇故事都應該從『從前』開始。現代和遠古的吟唱詩人時代一樣，祇要那些字眼一開始，房間裡就安靜下來，每個人都湊近爐火邊，小說的魔力就開始了。」

問：「妳喜歡讓讀者駭怕嗎？」

答：「一點不錯。當有人對我說，他不得不放下我的小說，因為當時祇有他或她一個人在家裡；我認為這是對我的一種讚美。」

問：「妳能想像去過閑暇的生活嗎？」

答：「沒有，從來沒有。有人說過，如果你想要快樂一年，就中個大獎。如果你想快樂終生，那就是愛你所作的事情。那也正是我的生活方式，我愛的就是編造故事。」

柯拉克女士的生日恰好在聖誕夜。一九九六年的聖誕夜，對她有特別的意義。在孀居多年之後，她和第二任丈夫康希尼 (John J. Conheeney) 結婚。一九九六年兩人第一次共度聖誕佳節。照西方禮俗，女性的年齡是不便問的。從她的生平事略與兒女們的工作來推估，總在六十歲以上了吧。

過去我和許多寫小說的朋友們抱著同樣的看法，總認為好的小說家不應以「說故事」自限，好的故事並不等於好的小說。近年從自己閱讀的經驗中得到一些新的體會：小說家應不止是會說故事的人，但他首先要有說故事的本領。故事說不好，恐怕就談不上甚麼偉大作品了。

今天，小說面臨著新興媒介的競爭，讀書的人越來越少，越來越不熱心，這冷酷的事實我們不能不承認。如何把讀者吸引回來，如何在人們喜歡聽「從前有一個……」的習性中，喚起人們對文學藝術的愛好，是一個值得深思、並且探索答案的問題。

辛格不僅愛好懸疑小說，他的短評、散文和小說，都是第一流的。他於一九七八年贏得諾貝爾文學獎，使幾乎已瀕死亡的意第緒文學大放異彩。辛格並不諱言，而且大事鼓吹，小說家首先就要作一個「會說故事的人」。這應該不是原則性的妥協，更不是向庸俗趣味投降，而是為了賦予新小說以豐沛的生命力，而不得不如此吧。

密契納的《小說》

探討文學的未來，就像預測人類的命運一樣，怎麼說都可以，不至於全錯，也不可能全對。這樣說也許還是本著找一貫的樂觀看法：有人類存在，就少不了文學。文學的興衰起伏，大體與人類命運一致吧。盛極而衰，貞下啟元；走到一處絕境時，下面又有柳暗花明。

剛剛讀了密契納（James A. Michener）的新著，題目就叫《小說》(*The Novel*)。密契納高齡八十有五，可能是當代最年長的（而且的確是一直在努力寫作的）小說家。他根據畢生寫作的體驗，寫出了一個小說家的成長過程，一本小說的發展始末；他不是用學術論文的方式，而是透過一本小說，呈現了他對小說的熱愛、理想，以及某些重要的看法。雖然讀者不一定完全同意他的見解(事實上，他在小說裡並沒有提出一套黑白分明、體系森嚴的文學理論)；但凡是愛好小說的人，大概都會為他簡練生動的筆墨而著迷。他引導讀者一步步走入多采多姿的文學迷宮裡，去面對作家、編輯、教授、評論家、出版商、經紀人、當然還有讀者。這些人物各有各的心態和嚮往，彼此之間猶如波光交網一般的複雜關係。

小說家以人生為素材，一切人物都是小說中的角色。但是，過去以小說家當作小說主角的實例並不多見。傑克・倫敦的《馬丁・伊登》是帶有濃厚自傳意味的長篇鉅構。不過，《馬丁・伊登》裡著力刻畫的，是一個作家自我奮鬥的經歷，特別是在意識形態上的掙扎。《小說》超越了個人而擴及小說世界。作者雖然以誠懇而謙遜的態度，從人物和情節發展中，反映出他的「小說哲學」；然而他儘量避免以一己主觀的愛憎，去定下「一言堂」的標準。小說是什麼？小說該怎麼寫？如何才是真正偉大的小說？讀者可以探索自己的答案。

這一點，正是密契納的《小說》特有的魅力。

密契納其人

一個人活到八十多歲還要寫作，而且寫得那樣好、那樣勤，令人不能不佩服他精力瀰滿，老當益壯。他的書，尤其是小說，都是大部頭，本本暢銷。所以，有人取笑他是不利環境保護的「山林之敵」，為了出版他一個人的書，不知要砍伐多少畝地的森林去造紙。

密契納年輕時教過書，也作過新聞工作。第二次大戰時，他在海軍服役，官拜中校，在太平洋戰場作戰。戰後就以當時所得的材料加上想像，寫成了《南太平洋故事》，出版後轟動一時，並獲普利茲文學獎。那年他已四十歲，算得是大器晚成。

在《南太平洋故事》之後，他幾乎每年都有一本新書出版。截至目前，出版的作品三十七種；在《小說》之後，他正在埋頭寫自傳。

密契納的長篇小說，故事性強，改編成舞臺劇或電影，甚受歡迎。早期作品如《土高里之橋》，以韓戰為背景，強調的還是犧牲奮鬥的愛國精神；《莎喲娜拉》則以日本為背景，譯名《櫻花戀》，都改編成很轟動的電影，此外還有《回歸樂園》、《春之火》等。

密契納另有一種獨創風格的寫作方式，選定某一個國家或某一個地區為對象，作為小說的主要場景，如《夏威夷》、《神約》（南非共和國的成長與衝突）、《波蘭》、《德克薩斯》、《阿拉斯加》、《加勒比海》等，都是在實地觀察之外，再加上大量的研究工夫，結合歷史、地理、文化、風習等特色，形成一種「詩中有畫」的魅力。由於他想像力之豐富，處理素材別具心裁，所以在深度與廣度上都遠超過報導文學的層面，而仍含有報導文學的知性和寫實性。他的作品風行於世，數十年不衰，大概就由這些特性而來。

密契納為蒐集寫作材料，常常旅行各地。他寫《太空》、《旅途》等，興趣似已超出純文學之外。《肯特校園悲劇》則是在反越戰高潮期間，肯特大學發生流血事件，密契納親身到現場調查，那本書對瞭解當時青年人的苦悶和社會上的混亂，很有助益。

由於他在文學和關懷人道工作上的種種貢獻，有三十多所大學致贈他榮譽博士學位。晚年更接受了總統頒贈的「自由獎章」，這是美國政府頒贈給平民的最高榮譽勳獎。

密契納的妻子是日裔美人，對他的寫作工作幫助甚多，他寫過兩本有關日本美術的書，對東方藝術，鑑賞品味甚高。

一九七二年八月初，密契納曾和哥倫比亞電視公司的王牌記者華特・柯朗凱結伴訪問臺北。蕭樹倫兄時任合眾國際社臺北社主任，約了幾位文友，和這兩位遠來的嘉賓小敘。

記得那天晚上，柯朗凱滔滔不絕，妙語如珠，談到訪問中國大陸的印象，談到美國大選（那年適逢大選，美國新聞界謠傳柯朗凱可能是副總統候選人之一），大家都聽得很有興趣。

密契納那年已六十五歲，白髮朱顏，精神健旺，可是他總是滿面堆笑，傾聽別人議論縱橫，他自己一言不發，現在回想起來，就和他在《小說》裡寫的那位小說家一樣沈默寡言。

樹倫兄當日買來了各西書店裡密契納許多作品，宴後請他簽名留念。有人開玩笑說，「這些都是海盜版。」

老先生笑而不言，把那一堆書簽好之後說：「有人要看我的書，就是好事。」彷彿還有些不好意思似的。其實，這豈不也正是寫作的人共同的心情？

如果說寫小說也如作學問，講究才、學、識三種條件，密契納是屬於功夫閎深，才華內斂的一格。他的小說裡，很少天馬行空、騁馳神遊的境界，而是腳踏實地，步步皆有來歷。

近年來西方文學中相當流行的風尚，往往以反常為正常，以怪誕為神奇。色情與暴力等等姑無論矣，甚至有些主力小說家，也走上了孤僻怪異、說鬼談玄之路。小說不但遠離人生，尤其是遠離正常的現實人生。標新立異，有時而窮，刺激品吃多了也變得淡而無味，小說的路子越來越窄。

密契納則始終我行我素，基本態度上清和平正，無所偏執；風格上簡明親切，絕不作「英雄欺人」之談。他的小說裡呈現的，不是不食人間煙火的樂園，也不是血肉橫飛的殺戮戰場，而祇是正常而平凡的、喜怒哀樂的人間。

這樣一位傑出、嚴肅、持之有恆的小說家，其人其書，都令我留下很深的印象。也許一個小說家就該如此：熱心、專注，在寫作之外，關心的事不多。他關心這個世界，是為了寫出更實在的、感人的作品。他得到的報酬，就是讀者的欣賞與讚嘆。好的文學不會死亡。

《小說》其書

《小說》的內容，其實是以「小說世界」為題材的一本小說。

全書分為四個單元，每一單元裡以一個人物為主體，他們是：小說家、編輯、評論家、讀者。

密契納都用第一人稱的觀點下筆，四個單元裡有四個不同的「我」；好像四盞探照燈，從不同角度和光度，投射在同一個對象上。每一個「我」似乎都是很認真的好人，都與小說有關。

這四個人的故事，分開來讀，自成段落，自有格局；但合在一起便成了個多角度、多層次的結晶體，光華閃耀、撲朔迷離。人物與人物之間，存在著錯綜複雜的關係。有堅若金石的友情，有鼠肚雞腸的詬誶，有的作家歷盡曲折，刻苦成名，也有的眼高手低，沮喪自殺。出版界裡種種勾心鬥角，後來還發生了一樁謀殺案。

密契納化身為四個不同的「我」，每一個我各有自己的生命、自己的見解和主張。密契納以同樣肯定的態度，去表達那些截然不同的見解——讓我們自己去作抉擇，作判斷。

當然，他絕不是無所是非、不分善惡的調合罐子。一般說來，都出之以寬容的、溫和的態度。但也有些問題，像「一位傑出的詩人，就有權叛國嗎？」他透過了書中的人物，作了堅定不移的答案。

《小說》的地理背景，在美國東部賓夕凡尼亞州一個小鎮上。其地與紐約和費城相距不遠，但絲毫未沾染現代都市的頹風，而是一個純樸安靜的農業社區。全書的情節發生在一九九〇年十月到一九九二年元月之間。

全書洋洋數十萬言，我祇能去除枝蔓，略述梗概，許多情節和人物，都不得不省略了，祇希望能藉此簡要的介紹，探索《小說》裡的世界和它的特殊意義：一本以小說為主題的《小說》。

作家

第一個「我」是以小說擅長的作家。他是全書第一主角，書中情節，就以他努力寫作的經歷為主軸。

此人是盧卡斯・尤德爾（Lukas Yoder），刻苦自礪，屢經挫折，好不容易才在文壇上奠定聲名。全書開始時，便是尤德爾的自述。

「一九九〇年十月三日，星期二晨十時半。我打完了這本小說的最後一句……」

尤德爾從四十四歲才開始寫小說。這一點，與密契納自身的經驗極為相近。密契納有意作此透露，讓我們推想，這兩人的關係，有如莊生化蝴蝶，蝴蝶即莊生。

尤德爾的小說就近取材，就以他數代定居的賓州農莊為主。這片土地上早年有三座德國移民的村落，現在的住民大多是荷蘭後裔。

他的妻子艾瑪，畢業於有名的華莎女子學院，書比尤德爾唸得還好。她一直在家鄉一家中學裡教書，憑她微薄的薪水，支持她的丈夫專心埋頭寫作。

從一九六七年開始，尤德爾寫的四本長篇，都沒有得到應得的注意，平均銷量不過一千本，出版社連成本都收不回來。可是艾瑪對她的丈夫說：「你是一個真正作家，你寫的是好書，美國遲早要承認這個事實。」

尤德爾的第五本小說，得自艾瑪建議的題材。一九八〇年出版後，平地春雷，銷出八十七萬多本。從此就一帆風順，成為讀者心目裡重量級的作家。新書本本是大熱門。

尤德爾自認為小說寫作其實沒有甚麼獨得之秘。他的體驗，就是以勤奮有恆為本，掌握了人物的真性情，具體生動地寫出其神情面貌、言行與心情。要讓讀者如聞其聲，如見其人。他每次寫好的初稿，先分送給兩位近鄰，也是好友和知音，虛心請他們指點批評，「特別是荷蘭後裔的風習語文，寫得不對之處，幫我改改吧。」

在他筆下，這些人物的愛憎、特性、癖好，以至他們的家世背景、宗教信仰等，都細心編織在小說的情節裡。譬如寫到他們的對話——不是很雅馴的英語；他們的飲食習慣，「那樣烤出來的肉餅，是天下最香的。」

那些人物，大部分都和尤德爾的脾性相適，樸實木訥，樂天知命，跟大城市裡蠅蠅苟苟、唯利是圖的市井之徒大不一樣。有時顯得笨笨的，笨得有些可愛。

在密契納心目中，一個好作家大概也該如此，面冷心熱，總是關情，愛人如己，但並不常常形於辭色。

他的書都由紐約的動力出版社印行。一位猶太裔的女編輯，負責尤德爾作品的編訂出版事宜。尤德爾說：「她比我聰明，有點兒讓我怕；不過，她對我的幫助最大。我們坐在一起，討論如何刪改原稿。」

這位女士目光敏銳，品味甚高，她自己雖沒有創作的才華，但能沙裡淘金，從一開始就發現了尤德爾卓然出眾，不同俗手。可是由她推薦而出版的四部小說，全告鎩羽，連她也臉面無光。在社內的工作會議上，她仍挺身而起，獨排眾議，為尤德爾辯護。

一九七六年，尤德爾在屢戰屢敗之餘，幾乎喪失了繼續寫作的勇氣。她說：「尤德爾先生，請你聽我說的每一個字。你將來會成為我們美國最好的作家之一。社內主持人疑信參半，業務部門同仁都不肯相信。我猜想，連尊夫人大概也未必再信。可是，我相信。這書的預售成績十分可憐。管它呢。你馬上回家動筆寫我們剛討論過的下一本新小說。你要使每一個字都唱出聲音來。這才好打破沈悶之局。你是一個作家。信任我吧。」

在她的鼓勵之下，尤德爾重振信心，他視這位編輯為畏友，默默承受她的期許，寫好書，但不以功名利祿為念。他說：「我寫出書來，然後讓它們自己去尋求成功的階次。」

女編輯往往建議大刪大改，尤德爾尊重她的建議。不過，在某些關鍵之處，心中自有一定的尺度。他常常思考的是，這本小說篇幅該有多長？要分多少章節？「最重要的是主題的含義，人物，情節，從開頭到結束，一個場景轉變到下一個場景的過節。」從他們對話裡，讀者可以發現，尤德爾是一個平易謙和、毫不自大，但也相當固執的小老頭兒。

美聯社的書評，特別推許密契納在《小說》裡娓娓道來關於寫作這一行的竅門，「就如同《魯賓遜飄流記》裡的魯賓遜，詳細敘述他在荒野中如何烤麵包一樣的有趣味。」

書中還寫到作家跟經紀人的關係。經紀人代理小說家的權益，這種制度在我國尚未建立。《小說》裡尤德爾的經紀人柯蘭女士，祇管財務，不問文學；她的專業標準是這樣：

「我不伺候作家，不會幫他們去辦離婚手續或預訂戲票。我也不會幫助他們去找寫作材料。我作的，而且作得十分拿手的是，我接受他們寫好了的作品，替它找市場。如果它夠得上賣得掉的水準，我就一定可以為它找到最好的出路。」

在美國，作家都有經紀人。尤德爾在出了幾本打不響的書之後，先前的幾位經紀人相繼求去。柯蘭肯接下這個擔子，她自己要冒相當風險，所以也可算患難之交。

在作家這方面的權責，尤德爾解釋說：「凡是我賺的錢，經紀人都要收取百分之十。我們彼此有諒解，在沒有通知她之前，我絕不接受任何金錢或支票。收到之後，不需她來問，我就自動送上她那百分之十。」這種交往有如商業合夥人，互相照顧，榮枯一體。他們的交往雖然不怎麼文學，但在節省作家的精力和時間這方面來講，經紀人制度頗有需要。

自從第五本書轟動之後，尤德爾成了文壇上閃耀的巨星。「每月讀書會」選用新作，外國出版商爭購版權。新聞記者爭相訪問，電視臺都請他上節目。出版商乘勢疾進，把先前滯銷的書重新推出，請作家現場簽名。這樣的噱頭，精裝本的套書大量銷出，使他意外增加了不少收入。

尤德爾覺得這樣賺錢，於心有些不安。他把那一大筆版稅捐給母校圖書館，替學生們多多添購好書。

在人潮洶湧的簽名會後，尤德爾回想當時的情景：

「我簽名簽得右手都麻了。我喜歡望著找我簽名的讀者的眼睛，並且和他交談幾句。這樣一來，整個行列的進行就緩慢下來。艾瑪有些生氣，輕聲說：『快簽吧。你不能跟每一個走過來的都開雞尾酒會。』我無法向她解說我內心裡的今昔之感。……我第一次主持這樣的簽名會，許多年前，等了幾個鐘頭，沒有一個人來……現在，一百多萬人讀過我最近的三本新作。很多讀者認為這些小說很有意義，認為寫這些書的作者是一個負責任的人。我欠他們一份情。他們冒著炎熱的天氣排隊等我簽名，我得好好簽，不容草率馬虎。」從這些細微之處，反映出他這個人性格之厚。他不存心討好取媚於讀者，但他忘不了他們對他的愛護與溫情。

世間名利，對尤德爾都沒有甚麼縈心掛懷，他衹是貫注心力要寫到盡善盡美。這第一個單元最後一段，寫到他半夜裡悄悄爬起來，校訂新書的最後校樣。他說，每次到了清樣校好，送上機器開印的這一剎那，「每個作者都是戰戰兢兢的新手。」

心血灌溉，從無了時。每一個負責的作家，心目中有他自己的標格和理想。盡善盡美也許永遠不能達到，但是，不斷地追求與探索，就是生命意義的完成。

尤德爾是主角中的主角。所以，在以後的三個單元中，他仍將不斷出現。不過，那時的尤德爾不再是「我」，而是「他」，是別人眼中的他。有人崇拜他，有人羨慕他，有人嫉妒他，有人譭謗他。透過不同的鏡頭，讀者可以繼續看下去，一個作家究竟應該是一個怎樣的人。

編輯

第二個單元裡的「我」，是動力出版社裡的編輯葉鳳・馬梅樂女士(Yvonne Marmelle)：

她的名字帶法國味道，這是中年以後改的。

馬梅樂天資穎慧，深思好學。幼年潑剌如男孩。她出生猶太家庭，在紐約市長大。鄰里間對猶太人心存歧視。祇有一個天主教家庭的男孩和她玩得很好，因此受到別的孩童們的訕笑。那男孩氣惱之下，竟把她推倒，使她的手臂骨折，不得不在家療養。

紐約的猶太人從事成衣業者甚多。她的叔父是一個裁縫，但極喜讀書。在她療傷期間，叔父送給她很多童話故事書，又帶她到圖書館去瀏覽。十三歲那年，她立志要作一個圖書館員，「遍讀天下好書」。

十九歲那年，因父親失業，她剛在紐約市立大學讀完一年級，就不得不輟學回家。市大是最平民化的學府，父母仍無力供養。離校時她傷心萬狀，有位老師勸勉她要自己用功，不必洩氣灰心，「永遠記住，在這大城裡，有許多好事都不要錢的。聽演講，去圖書館、博物館，妳可以受到比大多數人更好的教育。」這番教言對她的啟發很大。

她四出尋求就業機會，在本來毫無希望的情況下，她在動力出版社得到了「試用」的工作。跟人事主任魏女士面談時，「我好像是面對一挺機關鎗。」

她的工作祇是打雜。魏女士說，「本社每年都要從幾家最出名的大學裡，挑選到最優秀的女畢業生。她們都立志要作編輯。英文都是甲等。她們都得從秘書、業務員之類作起，沒有當編輯的希望。」可是她又說：「經我手中用進來的人，祇要她認真想幹，最後總能夠如願以償。」

怎麼會呢？

「妳作妳眼前打雜的工作。隨時注意別人作些甚麼。妳教育妳自己。妳要聽那些書說話。憑妳的性格和才智，會使上級主管看出來妳是一個勤敏幹練而又喜愛書的人。開始時好像並無可能，但終究會有讓妳一顯身手的機會。因為，我們一直在尋求有志氣、能專心的人才。經營這樣一家出版機構，沒有人才不行。但是，妳得好好用功學習。」

馬梅樂在各辦公室調來調去，哪兒需要人手就到哪兒去。多作多學，任勞任怨。在一次平裝本版權談判中，因為她準備週詳，幫社裡賺了大錢。升級加薪的是一位主管，但馬梅樂的才幹與敬業受到大家的讚許。

她日常工作是接電話，記留言，聯繫各辦公室。手上空下來時，讀那些待退的稿件。社裡收到的稿件如山，平均每九百件裡才有一件能印成書。有許多稿件經過初審就打下來，放置在硬紙箱裡，等收發室人員一一處理。大多數稿件根本沒有機會到達資深主編的書桌上。

馬梅樂抽空看稿，漸漸懂得一些高下。偶爾也能挑出一兩本作品，使它「敗部復活」，送給主編再加考慮。

由於她負責盡職，各單位主管對她印象都很好，要她去工作。這時社方決定送她進修。哥倫比亞大學、紐約大學、新學院，都有專業講習會，她當然願意去，但學費太貴。魏女士說，「社裡出錢」。

她遊走各大學之間，選修編輯、印刷等實務課程，後來追隨名師卡德教授研讀文學經典名著。卡德鼓勵學生們不但要多讀好的文學作品，而且要多看電影戲劇，多多欣賞音樂和美術。「生在世間，不多去嚐嚐人類活動最好的果實，妳豈不是白來一遭？」

自身的力學加上良師的循循善誘，她的學識和判斷力與時俱進。就在適當期間，馬梅樂從退稿堆裡發現了尤德爾第一部小說的原稿。經她全力推薦，出版上市。

當馬梅樂擢升為編輯時，一位先進告誡她。

「切記永遠不可愛上某一部原稿，或者是它的作者。妳應該保持距離。他們並不愛妳。就長遠來看，妳未來的成功，就靠妳對於作品和作家能保持著批判性的評鑑力——要站得遠一些，保持距離。」

讀到此處，讀者會猜想馬梅樂跟尤德爾之間會發生甚麼事情；這段話也許是灰蛇引徑，伏線千里。然而不然。儘管她對尤德爾的信心從未動搖，尤德爾對她一直存著感念之忱，但那是堅實的友情。

馬梅樂在大學的講習會裡，認識了一位青年作家。班諾・羅特納(Benno Rattner)在哥倫比亞大學唸了兩年退學，到越南去打仗。九死一生之餘，他有很多話要說。她鼓勵他好好寫，並答應他在出版方面全力協助。

這兩個熱愛文學的青年人墜入情網，本來應是一段美好的姻緣。可是，羅特納心高氣傲，志大才疏，甚麼人都瞧不起，甚麼人的話都不肯聽。古往今來的戰爭小說，在他眼中都不值一顧。

他們雖未正式結婚，由於兩情相悅，已經住在一起。她對他的愛已毫無保留，常常婉言相勸。要他集中心力，認真寫作，不要老是批評別人。

羅特納人極聰明，口才便捷，文學知識豐富，卡德教授對他很賞識，有時安排他代課，同學們也都認為他的確了不起，相信他將來不是名作家，便是名教授。這便加重了他的自負，沾沾自喜，目空無人。

馬梅樂偶而舉出尤德爾為例，勸他見賢思齊，不要講空話。羅特納不但不聽，反而把尤德爾糟蹋得一文不值。後來竟說：「在我們家裡，不許妳再提那個人的名字。」勸得認真些，他甚至要揮拳動武。

尤德爾的書到處風行，文名日盛。馬梅樂是最先「慧眼識英雄」的人，他的成功也就是她的成功。這一老一少兩位作家的作品都由她經手處理，就越發凸顯出羅特納的頓挫，他空有一腦子的計畫，卻老是寫不出來。

羅特納越是失意，脾氣越壞。他和動力出版社決裂，轉到另一家去。可是他的原稿遲遲無法完成，已經寫出來的部份，被人指出有明顯的錯誤和缺失，他拒不修改，搞成僵局。那家出版社的主管們認為他已不堪培植，通知他中止合約，連預付的版稅都寧可不要，也不肯再和他打任何交道。馬梅樂的一位好友告訴她，羅特納言過其實，「是一個天生的輸家。」

她從電話上得到消息，當時正在開會；黃昏時趕回家去，發現羅特納用廚刀自戕，死在他們同居的公寓裡——眼看聖誕節就到了。

經此一番震撼，她在心力交瘁之餘，勉強支撐著活下去。她已三十六歲，忽然到法庭去中請改換姓名，放棄了原來的猶太姓氏。法官問她為甚麼要這樣作？

她說：「我一直以我的家族和傳統為榮。現在，我的父母和叔父都已去世。往事前塵，隨風而去。我需要的是一個全新的開始。」

密契納筆下的馬梅樂，有溫柔也有剛強，有畏怯也有勇敢。她和尤德爾的友誼，以及和羅特納的愛情，都以文學趣味為中心。她自己孤軍奮鬥的經歷相當感人；同時，從她的眼中看出，口中說出：一個真正的作家必須具備的百折不撓、再接再厲的毅力和決心。羅特納是一個反面例證，一個自己被自己打敗的輸家。

我覺得，這一單元最令我感動。馬梅樂是一個相信「助人為快樂之本」的人，她能以他人的成功為榮，顯示出在文學天地裡知己之可貴。「知音世所稀」，因此，馬梅樂成為一個可親可懷的人物。

評論家

第三單元裡的「我」，是正當盛年的文學評論家卡爾・史垂波(Karl Streibert)，他是尤德爾的小同鄉，又是同一所學院畢業的前後期校友，書中出場時剛剛四十歲。他是德裔移民之後，父母都沒有中學畢業。他這個農家子弟，卻能名登大學的榮譽榜，研究英美文學的評論家，主持母校的文學創作系，並且曾被牛津大學延聘為客座教授，算得上春風得意，足以自豪了。

在學校裡，男女學生們都敬慕他的才華橫溢，議論縱橫。他在文學上的種種見解，更令學生們為之傾倒。

史垂波教書有一個很別致的方法。他在講堂的牆壁上掛了一幅很大的圖表：「希臘諸神劫運圖」。上自大神宙斯，下傳五六代，共有二十多位神明；表上列出他們的名字和彼此間的關係。

這些神仙都屬於同一家族，有夫妻，有父母子女，兄弟姊妹；也有叔伯姑舅。可是，在這親密的家族關係裡，卻又發生了謀殺、亂倫、叛逆、詐欺等種種悲劇。

史垂波把神仙一一編號，隨口叫一個學生起來，「你是十七號。你明天要殺死仙后，她是妳的母親。你今晚午夜醒來，想到明天的事，此刻你會跟自己說甚麼話？」如此這般，磨練學生們的想像力和創造力。

史垂波還有更重要的指點：「從今立志，你們有生之年裡，都要作文學的衛士，世間如果有任何形式的檢查制度，你們就得挺身而出，努力抗戰。」他強調，不要理睬某些衛道之士還在鼓吹倫理道德的價值，要寫作的人們都寫正派的作品。「你們好好記住這幅掛圖的內容，以及從這些神話故事裡得到靈感而成為大作家的天才們。」他舉出來的大作家們，以荷馬為首，他們寫的就是這些題材。有詩人、散文家、劇作家。那些感人的作品，其實都以神仙們「多行不義」造成的悲劇為主題。

密契納並沒有站出來批駁這種詭辯，古希臘神話中的種種荒謬不倫，和人類社會不能不重視倫理道德，是兩個截然不同的課題。過份拘於道德倫理的教條，固然會阻礙了文學的生機；但是，一味以兇殘、淫亂、陰謀等作為文學的主要題材，並且說唯有這樣才能保障創作自由，似乎是強辭奪理。密契納讓讀者從後來的情節裡自作判斷。

希臘古典文學的價值和意義，並不祇靠這些反常的情節。

史垂波的母親，性格很強，而且事事爭先，斤斤計較。她為兒子爭取獎學金，好像在市場上討價還價。史垂波讀完了家鄉的學院，進了哥倫比亞大學攻讀博士學位。

一九七七年秋季，牛津大學的戴孚倫教授 (F. X. M. Devldn) 應聘來美講學。此君原籍愛爾蘭，出身於劍橋大學和柏林大學，在英國文學界頗負盛名。

他的見解相當特別，引起青年人的轟動。

譬如說，他在講學時舉出「四個英國小說家，可以讓你們學到有意義的寫作祕訣。」這四個人是：

珍・奧斯汀 (Jane Austen)，《傲慢與偏見》的作者。

喬治・伊里奧 (George Eliot)，瑪麗安・伊文思 (Mary Ann Evans) 的筆名，《織工馬南》的作者。

亨利・詹姆斯 (Henry James)，《奉使記》的作者，原籍美國。

約瑟·康拉德（Joseph Conrad），原名狄多·柯岑尼奧斯基（Teodor Korzeniowski），波蘭人，後歸化英國，《吉姆少爺》的作者。

戴孚倫指出，這四個人裡，前兩位是女作家，後兩位本來不是英國人，他的選擇多少帶有反正統的味道。

然後，他又舉出四位小說家的大名，「也許你們把他們看得很高，其實並不值得那樣重視。他們的作品並沒有給讀者甚麼實實在在的東西，祇可當作夏天消閒的讀物。」被他這樣輕蔑的四位小說家是：

威廉·薩克萊（William Thackeray），《浮華世界》的作者。

查爾斯·狄更斯（Charles Dickens），《塊肉餘生錄》的作者

託瑪斯·哈代（Thomas Hardy），《黛絲姑娘》的作者。

約翰·高爾斯華綏（John Galsworthy），《有產者》的作者。

這八位小說家，相信愛讀小說的讀者們耳熟能詳。至於研究英國文學的人，當然更熟悉。

他們都屬於第一流的作家，這是沒有多少爭議的。但像戴孚倫那樣把他們歸於「極好」與「極差」的兩個極端，恐怕很難令人信服。戴孚倫的立異鳴高，正顯示出他的自命不凡與霸氣凌人。

他的看法雖然招致一些責難，也有些人佩服他能突破一般人的好惡而「別開生面」。史垂波就很受他的影響。

戴孚倫講學半年期滿回英。一九八〇年，他邀請史垂波到歐洲一遊。從威尼斯、羅馬、到雅典，這是一次古典文學之旅。戴孚倫在旅途中把他的生平絕學，傾囊相授。影響更深的是，這師生在旅途中發生了同性戀的關係。四十七歲的戴孚倫，身材矮胖，談不上甚麼吸引力；可是他的學識與口才，增進了他「風流蘊藉」的形象和內容。史垂波把那一段畸戀寫得相當纏綿。

戴孚倫不僅要把文學上的獨得之祕盡心傳授，更要把他自己珍視的反叛精神，也移注到史垂波的心田中。

他特別講到一九三〇年代劍橋大學幾個極其優秀的同學，有名的左傾分子。最有名的四個是：費爾畢 (Philby)、柏傑斯 (Burgess)、麥克連 (Maclean)、和布倫特 (Blunt)。第二次大戰期間，他們暗中投效蘇聯，提供了很多絕密的情報，使英美陣營大受損失。

他們都有很好的家世和教育背景，擔任相當重要的工作，前途似錦，「為甚麼還要作蘇聯的間諜？」

戴孚倫說，「那是當時流行的精神。」

他雖然不接受共產主義那一套，可是心態上並不排斥「劍橋四人幫」的作為。戴孚倫說：「藝術家必須經常抱著反抗現實社會的態度，反抗某些已被眾人普遍接受的知識。他要能為世人指出凡俗認為很奇怪的道路。他要拒斥現成的智慧，要敢於挑戰，敢於建立新的模式。藝術家天生就是半個非法分子……像劍橋那幾個青年，都是現實世界裡生成的藝術家。」

上述四個人都實有其人，他們戰時進入外交、情報部門工作，為史達林建立汗馬功勞，「東歐大帝國」的建立，他們大有貢獻。在身分暴露後，有三個人逃往蘇聯，受到優遇。費爾畢前幾年在莫斯科病逝，蘇聯曾為他發行紀念郵票，以示「崇功報德之意」。

戴孚倫的「半個非法分子論」，不論政治上的是非正誤，祇講浪漫的友情。他引用另一位劍橋出身的名作家佛洛斯特 (E. M. Forster) 的話說：「如果將來有一天，我必須在叛國和背友之間作一選擇，我希望能有勇氣背叛國家。」戴孚倫讚嘆說：「這是二十世紀裡最為意義深長的名言之一。」

史垂波承襲了戴孚倫的許多觀點和議論，包括希臘諸神注定遭劫的那幅圖表和解說，也包括同性戀和「寧可叛國，亦不背友」的默契。

當他回到美國任教時，也仿照戴孚倫的辦法，選出四好四壞的美國小說家。

最好的四位是：

赫曼・梅爾維爾 (Herman Melvile)

史蒂芬・柯蘭 (Stephen Crane)

艾迪斯・華敦 (Edith Wharton)

威廉・福克納 (William Faulkner)

然後，舉出四個壞的小說家的大名：

辛克萊・路易士 (Sinclair Lewis)

賽珍珠 (Pearl Buck)

恩奈斯特・海明威 (Ernest Hemingway)

約翰・史坦貝克 (John Steinbeck)

史垂波說：「從藝術觀點而言，他們根本不值一讀。」雖然這四個人都是諾貝爾文學獎的得主，史垂波卻認為，「他們並沒有很嚴肅地看待小說。他們迴避了重大的挑戰。因為他們隨手拈來，便獲得舉世皆知的文名和文學獎，所以他們很容易滿足。真正有志研究文學的學生和讀書人，都不必把他們看得太認真。他們甚麼也教不了你。」

史垂波的炎炎大言，引起聽眾的抗議和詰難；但他早把從戴孚倫那兒承襲來的理論，記得滾瓜爛熟，彷彿是信口道來，卻都是引經據典，頗有來歷，使聽眾聽得將信將疑。他不但贏得了會場上不斷的笑聲，也引起座中一家報紙記者的注意。那篇報導刊出後，又被通訊社採用，史垂波被邀在電視上接受訪談。動力出版社當紅的主編馬梅樂女士注意到文壇上這位新星浮起，於是便和他訂約，請他寫一本關於美國小說的論著。

史垂波欣然從命，他知道教授和評論家不能徒邀虛聲，總得拿出著作來與世人相見。他所要寫的評論，就依照「四好四壞」的架構，先擬定了美國「當代」最好的四位小說家是：

薩林傑 (J. D. Salinger)

羅夫・艾力森 (Ralph Ellison)
梭爾・貝婁 (Saul Bellow)
勃納德・瑪拉穆 (Bernard Malamud)

馬梅樂的反應是，「你倒選得好，四個人裡有三個猶太人，一個黑人；沒有女作家。你簡直是存心跟文壇上的主流派頂著幹。」她建議去掉瑪拉穆，換上女作家歐慈 (Joyce Carol Oates)。

至於那四個「最差的」，史垂波預定的名單是：

吳克 (Herman Wouk)
維達爾 (Gore Vidal)
尤瑞斯 (Leon Uris)
尤德爾 (Lukas Yoder)

在此要特別說明，以上所列的這些小說家，都是實有其人的小說家，尤德爾是唯一例外，

「小說」裡的虛構人物，很可能就是密契納自己的替身。

馬梅樂對於史垂波的經院派專業知識，深致景仰。但她對於如此取捨，總覺得有「唐突大賢」的不安之感；尤其看到尤德爾名列黑名單，極為不平。她很不客氣地說：

「如果不是尤德爾的小說那樣成功，為動力出版社贏得了財源，我就不可能要社裡出版像你這樣玩票的業餘作家的作品。正因為當年我看出了他作品中的文采才華，出版社才授予我這樣大的權力，讓我決定採用你這樣作家的作品。」

這話不大好聽，但卻是實情。在一場激辯之後，史垂波不得不接受馬梅樂的建議。書中這一段描敘可謂入木三分，一面寫出這個「我」為了很快就有一本自己的論著問世，可以傲視群儕，心中當然很興奮；另一方面又因為抽換了部分名單，「背棄自己的原則」，暗暗感到羞愧。評論家也有他和現實妥協的苦惱。

一九八三年夏天，史垂波和他的老師也是情人戴孚倫，再度相會於雅典。這次會面帶來了空前的震驚。

戴孚倫在牛津交上了一個從加州去唸書的青年，發生了關係。那青年是愛滋病患者，經醫師追蹤檢查，證實戴孚倫也已被傳染了。最讓戴孚倫氣憤的是，那青年學生一直到臨死前的第四天，才對他講實話。這一事件逐漸騰傳於外，對於享譽文壇的名教授，自是嚴重的打擊；更殘酷的是，戴孚倫也已病入膏肓，死在眼前。「這是我們最後一次會面。」

史垂波回美之後，更加忠實地履行著藝術家「是天生半個非法份子」的信條。在一次演講會裡，他批評美國大詩人朗費洛「不過是一個無足輕重的打油詩人」。

在學院裡，他收了一個得意弟子屠吾 (Timothy Tull)，此人年紀輕輕，就寫了一本十分別致的小說。全文三百五十六頁，卻並不標明前後次序的頁碼。每一頁打字的格式都不一致，而且用了六種打字機的字體，六種不同的行距。每一頁似乎自成單元。兩百多頁原稿放在一個硬紙盒裡，算是一本散裝的活頁書。前後既不連貫，自亦無所謂結構和情節。書名就叫《萬花筒》。

這樣一本「奇書」，不料經過史垂波的全力吹捧，到處打了廣告，居然也成了暢銷書。

屠吾的外祖母，是當地有錢有勢的富孀。她擔任學院的董事，許多文化社團的支持者。她的獨生女兒多年前情奔，不幸死於車禍；屠吾便是她僅有的親人和繼承者。所以她拜託史垂波收入門牆，將這個無父無母的青年好好教導成人，那孩子喜愛寫作，算得上少有大志。

《萬花筒》就用散裝活頁出版，裝在盒裡一盒一盒賣。一位保守的評論家認為，這樣的書「充份反映美國社會正在加速解體」。報紙上的漫畫家也來湊熱鬧，畫了一幅託爾斯泰擺地攤，面前堆著許多散裝的《戰爭與和平》；託翁對路邊的女士們說，「請自己抓一把吧。」

史垂波究竟如何為居吾的新作鼓吹，書中沒有具體說明。但是，密契納的用心是相當明顯的。文學創作如果祇重新奇，不講意義，祇靠技巧，不問內容，就算靠了文學以外的因素幫助它出名，恐怕也沒有甚麼意思吧。

由於經濟衰退，市面不景氣，動力出版社經營困難，被德國一家公司收買，人事上當然有一番大變。尤德爾由於對馬梅樂懷有知遇之感，所以不計自己的得失利害，願意隨她轉移到別的公司去。這對於馬梅樂的轉業大為有利，於此亦可見友情之厚。

史垂波的反應就很不同，不但表示對馬梅樂日漸疏遠，而且寫了一篇十分刻毒的書評，對尤德爾的新書大張撻伐，許多人讀了之後都大不以為然。

這第三單元以評論家為題，在全書裡所佔篇幅最多，情節也最為曲折。密契納雖然並沒有對他的專橫狂傲表示譴責，但也沒有掩飾他對這一型評論家的反感。最後，當艾瑪把登在《紐約時報書評週刊》上的評論拿給他看時，尤德爾根本不看，仍繼續在工作間裡畫畫自遣。他所表現的，大概就是「沈默，有時卻是最大的輕蔑。」

讀者

史垂波的嚴厲攻訐，尤德爾用沈默作為答覆，欲辯已忘言，直近乎視之無物。

第四個單元裡的「我」，密契納寫的是一位具有代表性的讀者。嘉蘭夫人 (Jane Garland) 是尤德爾的好友，也就是屠吾的外祖母。這位老夫人自幼喜愛讀書，文藝修養很高。她支持當地的文化教育事業，被大家看作「守護神」。學府、教會、圖書館、研討會，她不僅以家族的財力去支援，自己也熱心參與那些活動。

有一場演講會，討論到詩人龐德 (Ezra Pound) 的人格與詩風。屠吾發言時說：

「龐德一身有三種身分。他是美國最偉大的詩人之一，也是舉世當代詩人最優秀的師表。第三，他是一個叛徒，在戰時背叛了自己的國家。我在這兒還要指出他的第四種身分，他是被關在聖伊莉薩白精神病院裡的囚徒。」

龐德的確是一位傑出的詩人（雖然未必像屠吾所說的那樣完美崇高）；可惜他在第二次大戰期間，崇拜義大利法西斯黨的巨頭、黑衣首相墨索里尼，受聘到歐洲主持對美廣播心戰節目，與日本廣播中的「東京玫瑰」異曲同工。戰爭結束，墨索里尼和希特勒都已被埋葬在歷史的灰燼中，龐德由於名氣甚大，叛國行跡昭彰，被押解回美受審。文學界有些知名之士為他聲援請願，政府當局既不能置國法綱紀於不顧，也不便拂逆那些名流巨筆的意思，於是就把龐德關在精神病院裡，不判刑也不開釋，龐德在那兒養病，至死為止。

嘉蘭夫人發現，龐德對她的外孫「有了某些不健康的影響」。屠吾很坦然地說，「龐德參加了一群和他自己差不多的青年們的集體活動，他們互相信賴，自認是生活於一種氣氛特殊的環境中。唯有他們獨具慧眼，能夠把這個世界看得很透徹，很清楚，與眾不同。」

尤德爾也是在場聽眾之一，他說了一些簡潔有力的話。他說，如果他今天才動手寫第一本小說，就一定會採取新的形式和風格；他也會引用一些心理學上的最新發現，運用某些新的理論。他贊成年輕的作家們勇敢地衝破傳統的樊籬，探索新的境界。可是，他仍然確信，文學家藝術家對社會應該負有一種責任，要使各種分歧的因子都能在共同利益之下結合為一體。他舉例說，像群策群力，支持健全的政府；像關懷不幸的人們；像幫助有志文學的青年人發展他們的才能。

不過，他也以龐德案為例，大聲疾呼：「我絕不苟同的是，任何人強辭奪理，說是為了言論自由的保障，他就有權從事背叛自己國家的行動，或者倡議把他所不喜歡的人都消滅掉。」這兩句話就在說明他對龐德案的立場，反法西斯獨裁，反納粹的消滅猶太人暴行。在這兩點上，龐德的罪咎無可洗刷。

尤德爾在《小說》裡一直是一個溫和善良、甚至有些低聲下氣的人物，全書中祇有這一段擲地有聲的議論，呈現出他是非分明，不容苟且的性格。無論言論自由是多麼崇高的原則，叛國總是不對的。這是他和前面那些位劍橋才子絕對不同的。

全書到了快結束時（三八二頁），奇峰突起，發生了一樁離奇的命案。死者就是屠吾，他和他的愛犬都被人用鈍器打死。由於他那本《萬花筒》小有聲名，加上他是當地世家之後，巨額遺產的繼承人，猝然遇害，聳動一時。

這事發生在十一月四日夜晚，經警方鍥而不舍多方追查，十二月十四日宣告破案，警方逮捕了十九歲的奧圖，他也是當地居民，除了吸食毒品之外，他沒有其他不良紀錄，也沒有任何明顯的行兇動機。可是，若干證據放在面前，奧圖終於俯首認罪。警方聲明中感謝「某些熱心民眾的大力協助」。嘉蘭夫人後來曉得，這指的就是尤德爾。

《小說》的主題究竟是甚麼？是否在強調文學藝術總要含有道德意義和價值判斷？即使有，也表達得極其委婉。對於漫無歸趨的自由，不計後果的「反叛精神」，密契納巧妙地透過人物的遭遇，表達了非難之意。戴孚倫因同性戀與愛滋病而喪生，羅特納因自我懈怠、寫不出東西來，失望沮喪而自殺，奧圖毒癮發作，怒揮鐵棒打死了無怨無仇的屠吾，這些悲劇性的發展，是不是由於現代人道德意識普遍低落、自我約束瓦解，或者採取「責人者嚴，恕己者寬」的雙重標準？

《小說》裡流露出來的，似乎包括了現代社會的、以及現代文學的危機。

全書結尾時，尤德爾午夜起床，開始寫下一本小說：《罪》。主題是：人在一連串的錯誤選擇之後，最後可能犯下謀殺罪行。

尤德爾從未表示他的小說是要「勸善規過」，而只說：「寫作是我要作的事，我一定要繼續寫下去。」

寫甚麼？怎麼寫？一個作家不能沒有自己的信仰和哲學。密契納在《小說》裡，誠懇地，但也是隱約地把他自己的寫作哲學告訴了讀者。我們所得到的，可能不止限於小說，不止限於文學。

壯哉此叟，寫到八十五歲還在不停地寫，即此一點，足夠作為寫作者的典型了。

原刊於民國八十二年十二月廿一日至八十三年元月二日《臺灣新生報》

柯瑞契特的《揭發》

純文學和通俗的暢銷書之間的關係，相當微妙，隱然似有對立且互相排斥之勢。文學家內心未嘗不期待自己的作品，洛陽紙貴，天下風行。可是，如果祇是為了暢銷而去媚俗阿世，有志者總是不屑為之。

暢銷書和其作者，被人輕視，主要是因為其內容和風格的庸俗。近世的暢銷書更往往以色情和暴力為「賣點」，爭奇鬥勝，花樣雖似層出不窮，其實大同小異，說不上境界，也就沒有甚麼味道。

由於電子媒體的迅速發展，「讀書」漸漸退化為少數人的奢侈行為，「讀書人」更將成為稀有動物。在這種情況下，也許我們不得不略略改變過去的固執態度，不再把所有暢銷書都看作「不值一顧」。祇是為了傳宗接代，暢銷書也還是有其作用。而且，現在確有一些大大暢銷的書，超出了暴力色情之類的濫調，別具特色。

我是先看過「侏羅紀公園」那部電影，才知道原著作者是誰。以恐龍復出為題材的「侏」片，短短一年期間，票房收入超過「亂世佳人」而居第一位；固然是由於好萊塢的特技有以致之。那些大小恐龍鬚眉畢現，栩栩如生。但原作情節的鋪陳，的確有引人入勝之處；讓製片家有大大發揮的空間。

隨後的一本便是引起軒然大波的《日昇》(*Rising Sun*)，近年來美國對日本貿易，出現了鉅額逆差（一九九三年度是五百九十三億美元，占美國貿易赤字的一半）。日本產品長驅直入，勢如水銀瀉地，占據美國市場。美國貨要想跨上東瀛三島，總是不得其門而入。《日昇》就藉著在洛杉磯的一家日本公司新廈落成，發生命案，而寫成了一部波譎雲詭的小說。對日本人的驕妄之氣，以及美國上流社會的腐化，作了露骨的撻伐。那本書隨即改編電影，第一週票房收入達一千五百多萬美元，高居十部熱門片之冠。因為來勢洶洶，引起日裔日僑在美國各大城市的抗議，認為它可能會使種族歧視問題更加「惡化」。

作者柯瑞契特 (Michael Crichton) 可算當世寫暢銷小說的高手，此人今年五十一歲，寫了二十四本書，他的作品現有一億本在市場行銷。最新的一本名為《揭發》(*Disclosure*)，我週前剛剛讀完；在幾種不同的暢銷書排行榜上，此書都占了首席。第一版的七十五萬冊（四百頁，廿四元），已經一掃而光。

過去的暢銷書作者，很多是「學書學劍兩無成」，百無聊賴，才在筆墨中一消塊壘；一旦小有所成，就發展出一套簡易模式，以博看官一笑，就算達到了目的。許多暢銷的大牌，旋起旋落，過一陣，誰也不記得他了。

柯瑞契特與眾不同之處，是他多一分「書卷氣」。他一九四二年出生於芝加哥，成長於紐約市長島的富厚之家，父親主持一家雜誌社，鼓勵四個兒女參與各種文化活動，觀賞戲劇、電影，參觀博物館等都是經常的節目。柯瑞契特自幼喜愛寫作，十四歲時寫的一篇遊記，曾在《紐約時報》上刊出。中學畢業後，先進了哈佛大學讀英文系，有志成為作家；但後來轉到人類學系。他說，「對於抱負不凡的作家來說，英文系並非好地方，那兒祇適合培養抱負不凡的英文系教授」。這種感觸，我國大學的文學系同學可能當有同感。

一九六四年畢業後，他應聘到英國劍橋大學任教。普通人走到這一步，大概就會繼續在人類學的圈子裡轉。可是，他忽發奇想，回到哈佛進了醫學院。從人類學一下子跳到醫學去，若照我們的大學法規，大概辦不通。哈佛倒沒有這種限制；可是他念了一陣又發覺不對勁了。以他的才資，循規蹈矩，把課程念完，就可以拿到執照。如很多年輕人的想法，大學文憑祇是一張高級的飯票。在哈佛學醫，「沒有甚麼可討論的」。他後來回憶；大醫院裡急診室的情況，倒給他留下深刻印象。人生苦短，萬事倥傯，他寫小說的快節奏，亦得力於這種急迫感。

他的小說，絕不拖泥帶水，絕不咬文嚼字，直如湍湍急流，滾滾前進，讓讀者老是要追問「後來呢？後來呢？」讀他的小說總是讀得特別快，幾乎不讓讀者有駐足回顧的機會。

一九七〇年，柯瑞契特離開醫學院，專心從事寫作。這一著險棋，朋友們多不以為然。有人說，放棄學醫而改行寫小說，好像辭去最高法院的職務，去俯就一個辦理保釋案件的代書人，離喬木而下幽谷，十分不值。他却不以為意。此後不僅寫小說，也編電影劇本，還想去作導演。他說這是很自然的事。因為，他是先知道有希區考克，後來才知道狄更斯。希區考克是二十世紀中葉的名導演，以懸疑手法見長，「後窗」、「電話情殺案」等為其代表作。狄更斯是上一個世紀英國的大小說家，《大衛・考柏菲爾》和《雙城記》在當年也曾是暢銷書。柯瑞契特舉這兩個人為例，他透露出他對小說寫作的一些看法：小說裡少不了戲劇性。

美國社會近年來對於「性騷擾」問題爭議甚多。前年為了黑人大法官湯瑪斯任官聽證時，被他的舊屬奚爾女士告了一狀，參議員們像三堂會審，又經全國電視網上從頭到尾轉播無遺。雖然湯瑪斯的任命終獲通過，但一般觀感都覺得他恐怕不是那樣「無辜」。就因那個案子吵得太熱，涉及騷擾案的舉控和揭發，隨之而層出不窮。政府機關、工商團體，乃至大學校園裡，都有類似的事件。連柯林頓總統也免不了被緋聞案的疑雲籠罩。

柯瑞契特的新作《揭發》，就是以一樁性騷擾事件為題材，有「應時當令」之效。一般的「騷」案，大都是男性憑藉權勢、財富，或其他有利條件，對女性不利。《揭發》則一反常道。加害於人的詹森女士，三十五歲，容貌妍麗，活動能力極強。受害人亦即書中的男主角桑德斯。他們兩人本為同事，且曾是同居過的膩友，桑德斯後來結了婚，在一家資訊公司工作。他的辦公室在西雅圖，公司總部在加州的庫柏蒂諾，詹森靠了她取媚大老闆的靈活手腕，被任要職，成了桑德斯的頂頭上司。她上任第一天，下班之後就約他在辦公室密談，要求重續舊歡。桑德斯雖然動心，但卻懸崖勒馬，全身而退。不料詹森老羞成怒，倒打一耙，反說桑德斯對她騷擾。公司為了息事寧人，強迫桑德斯辭職。桑德斯不甘受欺（名譽和事業之外且牽涉到可觀的財務損失），決定聘請律師，求直於法庭。此即《揭發》的主要內容。不過，要馬上指出來的是：

第一，儘管性騷擾是全書關鍵，但作者並未在那上頭渲染。他祇用極少的筆墨輕輕帶過。真正的戲劇性其實是在「辦公室政治」下的勾心鬥角，從而點出了主題，性騷擾其實是一種權力的表現。

第二，全書祇包括四天之間發生的事，星期一到星期四。從一開卷主角趕搭早班輪渡去上班開始，每一步驟都反映出現代人匆忙刻板的生活方式，以及突發的意料之外的事件。真是一路「流水板」。

第三，小說的開展十分生活化，公司裡各種人事傾軋，暗伏著金錢權位的爭逐。作者透過他所熟悉的細節：譬如資訊學識，司法和商場上的某些專業知識，跨國企業的經營實務等。像桑德斯的公司，有分支機構在馬來西亞和愛爾蘭，電訊往來中把公司運作的緊張情況，讓外行讀者也都可以明瞭，滿足了閱讀中的神奇感。作者深入淺出、化繁為簡的手段，也許比性騷擾具有更大的吸引力。

第四、最後，也是最重要的，還是作者對於複雜的人性之掌握。桑德斯是中產階級知識分子的樣本——既非最好的，也非最壞的。品格上有某些弱點，同時也具有「改過遷善」的要求。生活在現實壓力下的種種「隨機應變」，他都具備。可是，畢竟也還有些「有可變有不可變」的性格；作為一個人的尊嚴。為了反擊而揭發，他冒著喪失一切——家庭、工作、聲譽、財產——的危險。最後他獲得勝利，過程曲折驚險，總算給人一些「善有善報」的快樂。

此外，對話簡潔而生動。桑德斯請到的律師，專門打性騷擾案件的官司，卻是一位女士。為準備進行訟訴，她先對桑德斯進行多次專訪，問話如天馬行空，奇峰陡立，在最容易忽略的細節裡，層層剝出事實的真相，甚有懸疑小說的味道。

《揭發》暢銷一時，很快就已改編電影上演。某些婦女團體曾表示抗議，認為書中人物和情節，歪曲了當前的男女關係。柯瑞契特和他對待《日昇》的批評一樣，不多申辯。他說，他好像一個人走到房間的門口，看到屋裡發生了甚麼事，然後實話實說，說完了掉頭就走。再到另一個房間門口去觀察。

至於男女兩性在社會上的關係，柯瑞契特認為，最好的方式就是完全平等，歧視和壓迫固然不可，特殊保護也不應該。工作上機會平等，待遇平等，就可以實現兩性的平等。

以前有位英國作家，註釋小說家的任務，「好像是一個坐在高牆上的人，把他看到的牆外的景物和事情，告訴牆裡人知道；寫小說無非如此；用文字展現出存在於作者內心中的另一個想像的世界」。

柯瑞契特亦如這樣一個高坐牆頭說故事的人。他每次選擇的故事，正是大家很關心的話題。至於文筆流暢，節奏明快，是一般暢銷作家共有的長處；他能抓住社會的動脈，從人性與社會性中選取寫作題材，其成功亦非倖致。

暢銷書轉眼間就會成為明日黃花，被人遺忘；可是，當世界各國都呈現著讀書低潮之時，能從電視等媒體的手中奪回一些讀者，使出版業不致完全荒蕪，暢銷書也未嘗完全沒有一些積極貢獻吧。

原刊於民國八十三年三月卅、卅一日《聯合報》

分與合

1

那一次有幸和鮑爾斯汀 (Daniel J. Boorstin) 相會，是在應老友王振鵠先生的餐敘席上。算來恐是十年以前的事了。當時振鵠兄仍在國立中央圖書館館長任內，新的館址還在設計階段，所以我們聚談的地點是在南海路舊址。飯後我們三個人在蓮花池畔照了一張相。鮑爾斯汀時任美國國會圖書館館長，遠道來臺，大概是應邀幫振鵠兄出出主意，策畫央館新廈和未來的發展吧。

美國國會圖書館藏書之富，世界第一。館藏各種圖書、文獻、手稿、地圖、以及視聽資料等，共九千八百萬件，分屬四百七十種不同語文，全館工作人員五千餘人，每年預算三億多美元。更因其國家圖書館的特性，就像中央銀行一樣，乃是「全國圖書館的圖書館」，在分類編目等基礎性工作上，為全美圖書館界的準繩。獨樹一幟的「國會圖書館分類法」，規模閎遠，更已超越國界，為全世界各國大型圖書館所採用。

由於國會圖書館地位崇高，所以館長的人選亦特別慎重，由總統直接任命。歷年來的館長不外乎兩種來源，一類是學術淵深、望重士林的人文學者；另一類則是在圖書館學方面精深研究，有卓越貢獻的專家。鮑爾斯汀似應劃歸第一類，即我心目中之所謂「通儒」。

2

鮑爾斯汀是俄羅斯的猶太後裔，出生在美國南方的喬治亞州，他的父親曾任史萊敦州長的秘書，後來轉任律師業。當時發生一樁轟動的命案。一個猶太籍工廠廠主弗朗克，被控謀殺了一個名叫范甘的女工。老鮑爾斯汀是被告的律師之一。因為證據出於偽造，顯然是由於當地人排斥猶太人的偏見而羅織入罪。法庭原判弗朗克為死罪，州長寬免改為無期徒刑。不料竟有亂民集結，把弗朗克依私刑吊死。這件慘案發生在一九一五年八月十六日。鮑爾斯汀是一九一四年出生的，長大後才聽家人講到這段故事，印象甚深。弗朗克的罪名，死後雖得平反，但猶太人之不容於主流社會，這一不幸事件足為例證。

喬治亞州的首府亞特蘭大城，如今已是南部各州最大的都市，也是美國與拉丁美洲交通的樞紐。鮑爾斯汀的叔父在城裡開了一間小小的男裝店，玻璃窗常常被人打破。為了脫離排猶的氣氛，全家決定遷地為良，往西走，到阿克拉荷馬州的吐桑城。那年鮑爾斯汀剛剛兩歲。

吐桑因石油事業的開拓而日漸繁榮，但當地人對於種族問題也看得很嚴重，歧視黑人，界線分明。儘管吐桑是極西部的邊城，卻是三K黨的中心。一九二〇年代最嚴重的種族暴亂在那兒，城裡的黑人區曾被燒光。

鮑爾斯汀在吐桑讀公立學校，成績優異，十五歲就進了哈佛大學。他熱愛語文和歷史。讀了十八世紀史學家吉朋的名著《羅馬帝國衰亡史》之後，大為感佩，從此引吉朋為「第一偶像」。他說，吉朋和他自己一樣，治史學是「票友」性質。

鮑爾斯汀指出，吉朋並未受過正統的史學訓練，他也不需要錢，用不著去辛勤著史。吉朋完全由自己的興趣和對那一段歷史的研究與心得，然後專心壹志，完成鉅著。「我希望我也能像他那樣去寫歷史。」

哈佛畢業之後，他得到了羅德島獎學金赴英國，進入牛津大學深造。在牛津發現了他的第二愛——法學。獲得了法理學和民法學的高級學位之後，回美國入耶魯大學，得到法學博士學位不久，就出版了他第一本著作《法學的神秘學理》。

一九四一年，他和璐絲・佛蘭凱女士結婚，他們有三個兒子。這一雙學者夫妻，結褵五十二年來，相敬相愛，而且在學術工作上互相切磋。鮑爾斯汀所有的著作，都經其夫人一手編訂。他們這種親密而平穩的婚姻關係，與歷史學者杜蘭夫婦很相近似。

在第二次大戰期間，鮑爾斯汀在政府任職，後來應聘到史華斯摩爾學院任教，開了歐洲史的課程。就在那段時間，他卻對美國歷史、特別是傑佛遜其人，發生濃厚興趣。他的第三本著作就是《托瑪斯・傑佛遜失去的世界》。傑佛遜是美國開國元勳之一，也是第三任總統，他的自由開明的政治信仰，對後世美國的政治有深遠的影響。一九九三年四月十三日，是傑佛遜二百五十週年誕辰，在紀念這位政界偉人的時候，鮑爾斯汀的書仍常被人提起。

傑佛遜是「獨立宣言」的起草人，他提出的「人皆生而平等」與「生命、自由、和追求幸福」都是不可分割的人權，名言讜論，照耀千古。所以，鮑爾斯汀說，美國的人本主義，都是傑佛遜的精神遺產。

鮑爾斯汀在芝加哥大學任教，達二十五年之久，為學術界推許為當代最通達的大學者之一。他寫的《美國人》一書，分為三大段落，即：殖民經驗、建國經驗、和民主經驗，三卷合而為一部，「民主經驗」獲得普立茲歷史著作獎。前總統布希在白宮時，好幾年聖誕節，都訂購此書的精裝本，分贈給一百五十位好友和僚屬，作為佳節贈禮。

芝加哥大學出版的《芝加哥美國文明史》共三十卷，鮑爾斯汀為主編之一。

他另一部名作《發現者》(*The Discoverers*)，記述曾有重大發現而對歷史有劃期性影響的人物。這本書曾被譯為二十種語文。

在國會圖書館服務十二年之後，鮑爾斯汀退休。國會為他通過一項特別法案，聘任他為榮譽館長，以酬答他卓越的貢獻。這個頭銜使他可以繼續使用館中原來的辦公室和一切圖書資料，進行他的寫作計畫。他去年完成的新著《創造者》(*The Creators*)，也是用自古至今創業偉人的傳記，來凸顯人類三千五百餘年來發展進步的軌跡。

鮑爾斯汀的著作，深入淺出，既有精到的學術價值，亦能適合一般讀者的閱讀品味。他是非小說類作家裡三度入選「每月讀書會」惟一的一位，可見其學養功力，確有眾所難及的長處。

3

從一個研究美國史的歷史學者的眼光來看，鮑爾斯汀指出，美國的人文主義最主要的一部分，就是社會建設；他認為這是美國最重大的成就。「美國建國的成功，是由於社會的力量；不是依靠政府，而是依靠人民自動自發的意願，通力合作，終底於成。」

換言之，美國過去能有光輝的成就，是靠大多數人民通力合作；今天所遭遇的困難，則是違反了整體合作的原則。大家都想要各據一隅，稱霸天下；在分化的過程中，爭權攘利，紛擾無休——這是美國今日之大病。

近年出現的各種勢力集團，首先關心的是他們自己的權力，黑人有「黑權」，白人有「白權」，婦女有「女權」，勞工、農民、白領階級、知識分子，無不強調所屬的特屬集團的權，大家都私而忘公，小而捨大，共同的社會意識日漸淡薄，甚至蕩然無存。

鮑爾斯汀很反對這種「分化」的傾向。凡是過分強調「連接號」的說法來突出其「歸化」身分的，根本就違反了美國的精神 (The notion of a hyphenated American is unAmerican)。他主張，美國人就是美國人，像波蘭裔美國人、義大利裔美國人、亞洲裔美國人、非洲裔美國人（這是近年來對黑種人的稱呼，以前的 Negro 幾乎已沒有用了）這些說法，如果太強調了，實在沒有甚麼好處。

團結勝過分裂，合作優於分化，美國如此，在中國、在臺灣，又何獨不然？褊狹的地域觀念、省籍糾結，也同樣是於國有損，於民無益。

鮑爾斯汀又解釋說，美國的人文主義，奠基在「幾個可喜的意外之上」。

首先是早年的先驅者，漂洋越海，來到當時罕見人煙的美洲大陸，為了開拓這片安身立命的新天地，他們必須突破了歐洲舊大陸上原有的各種畛域之見，不同的宗教信仰、種族、文化傳統，至此都漸次融和。而且，在此同時，建立起一種「歡迎陌生人」的新傳統。

「歡迎陌生人」的傳統，在紐約港口自由女神像石座的銘辭中具體表現出來，那首詩裡稱頌女神是「流亡者的母親」。她向列國宣告，「把這些無家可歸、風吹雨打的人們送到我這兒來吧，我把我的火炬在金門旁舉起。」

鮑爾斯汀分析，這種傳統之形成，由於美國和歐洲各國的經驗不同，美國從來沒有打過宗教戰爭，也從來沒有受到外國人入境侵略。因此，「我們總是把新來的移民，看作是從事建設的夥伴，而不是來犯的敵人」。而且，美國沒有教條式的意識型態去桎梏眾人的思想言行，祇有一部民主的憲法，富於彈性和寬容的精神。

美國的社會建設，其源起不是出於自上而下的精心設計。以開拓西部為例，鮑爾斯汀的書裡也描敘過，人們乘著一輛一輛的馬車，成群結隊而來。在遼闊無邊的原野上，建立法律制度，形成社會秩序，登高山、跨草原，建立起人口集中的市鎮，所謂社會建設，是這樣一步步逐漸形成的。靠許多人的共同努力，首先是他們要有同舟共濟人人禍福共之的共同感。

由於彼此互相需要，無分先來後到，都有這種共同感；美國憲法反映著這種情緒和理想。人皆生而平等，所以不容許納粹消滅猶太人式的屠殺，或者史達林式的流血鎮壓。

美國建國有利因素的另一個「可喜的意外」，就是美國的語文。他說，「我們的語文都是借來的。成為一個新的美國人，明顯的一個標識就是『破碎的英語』。說破碎的英語，表示這個人是來自遠方的學習者。」他引他的祖父的經驗為例，老祖父本來衹會說意第緒語，後來學會了英語英文，可以運用自如，並未失去他的尊嚴。

鮑爾斯汀又以德法兩國邊界的情形來說明，歷史上曾有記載，兩國人民為了究竟應該說法文或德文而爭執不休，甚至引起流血衝突。美國人就沒有這種問題，反正英語英文本來就是借來的，如果真有所謂本土的美國語文，「說不定我們也會採取一種沙文主義的（排他）態度。」用他的說法，「人民是進口來的，語文也是進口來的。」所以大家都可以採取比較寬容的態度。

至於學校裡該不該倡導雙語教學，他說他不贊成用法律去推行一致的語文，正如他不贊成用法律去規定一致的宗教信仰一樣。他自己就是移民之後，文化傳承上無妨多元，但是要進入美國社會生活的主流，英語英文就不能不學好。

由於近年經濟不景氣，有些美國人出現了排外的情緒，而各種族群又自相對立，都形成社會的嚴重病象。鮑爾斯汀的高見，值得深思。美國的某些毛病，我們眼前也有。睿智之言，我們也可取為參酌。小局氣的「分」，畢竟不如大和諧的「合」。鮑爾斯汀這樣嚴肅的學者，不會像流行歌手麥克・傑克森那樣的轟動一時，然而他的意見的確有些啟發性；特作簡要的介紹。

原刊於民國八十二年十一月廿四日《聯合報》

譯事憶往

從文化交流的觀點來看，「翻譯」是極其重要的，甚至必不可少的一部分。用最淺顯的話來說，翻譯是用語言或文字，把一種語文的原意和精神，在另外一種語文上表達出來。許多人認為，翻譯祇是一種技術，不成其為專門的學問。但也有人認為，當一種技術的內涵，複雜到了某種程度，它便必須也是一種學問。

譯事之難，正不下於創作，嚴幾道先生早年以「信、達、雅」為譯述的標準，事實上能作到「信」與「達」已經很不容易，至於「雅」的境界，幾乎可以說祇能意會，未可言傳。

翻譯工作等於是兩種語文、兩種文化之間的橋樑。從事譯事者勢必兼通兩種或多種語文。我常常幻想，當最早最早，世界上還沒有一個人懂外國語文的時候，不同族群的人碰在一起，如何開始交流？用微笑、點頭、比手劃腳，當然可以形成某種程度的溝通，但想必都是最簡單、最淺顯的；至於那很複雜的道理，很微妙的情愫，究竟是怎樣達到了「莫逆於心」的地步？想來真是很有趣味。

最初克服困難的人，大概就是第一代的翻譯家吧！

在外國，翻譯已經相當地專業化。像瑞士語言學校裡培植的「即時口譯」的人才，在大會場上把這樣那樣的語言譯來譯去，他們所譯出來的話，是否精確、順暢、生動，有時簡直可以影響世界和平。他們的報酬極高，各方爭聘，長年忙得無法分身。

至於筆譯的工作，在我國有悠久的傳統。大唐三藏玄奘法師西域取經，回到中國之後，親率眾弟子閉戶譯經，閉關多年而後克竟全功。有那樣大規模的、長期的翻譯工作，所以才有佛教思想的大興。《西遊記》裡九九八十一難都是小說家的幻想。玄奘法師在譯經過程中，所遭遇的阻難，也許比那一路上深山大河、妖魔鬼怪還要多得多。玄奘不僅是有系統地引進了佛家思想和經典，同時也為後世樹立了典型：翻譯工作真重要，連釋迦牟尼也要靠它來弘揚佛法，超度眾生。

我有一個小小的偏見。我總認為凡是喜歡弄弄翻譯工作的人，往往並不是外文最好的人，據我個人的經驗，有些朋友精通某種外文，說起來寫起來都像使用本國語文一樣方便、甚至更熟練更方便些，他當然不會感到有「翻譯」的必要。

感到有必要的人，是中外語文都有涉獵，但卻並不是同等的精熟，讀了一本好的外國著作，讚嘆之餘，不免有「把它翻譯出來，讓不能直接讀外文的人也能品嚐享受，豈不甚好嗎」的想法。我自己就屬於這一類型的人。

另一個動機，是「自我教育」。從前有位教英文的老師告訴我們，「好的文章要熟讀，要精解。為了測試你自己是不是真的懂了，可以試試翻譯。有很多地方，你會發現你自以為已經懂得很清楚了，卻找不到適當的字句把它譯出來。凡遇到那種時候，也正是你該特別努力、再加鑽研的地方。」

雖然懂得了，卻譯不出來。這就表示所謂懂得，中間仍有業障，仍不透徹，也就並不是真懂。在翻譯上下一點兒工夫，苦思冥索，確有助於對原作深一層了解。

我自己的愛好是小說，成年以來的專業是新聞。在這兩條線上努力，都投注了不少的時間與精力。當我新聞崗位上的工作繁重時，我便以翻譯來作為自遣。這是一種替代，以翻譯別人的作品（有人說這是「再創作」），來補償自己當時不能創作的遺憾。

歷年所譯的書，大體可以分為「小說類」和「非小說類」。事前我並沒有甚麼大的計畫（如：專譯某人的作品，或專譯某一類作品等）。我祇是譯我自己喜歡，而且值得向讀者們介紹的作品。前後譯了十多本書，大約有一半成了暢銷書，有人認為我的「眼光」不錯，其實，那都是出版界朋友們促成的。

以下我就依這兩個不同的分類，略談譯書的經過和心得。大體是依各書出版日期的先後，先談小說類吧。

小說類

《權力的滋味》

在大學讀書的時候，我曾譯過一些短篇小說，覺得很有趣。但從事長篇小說的翻譯，是從美國讀書回國以後的事。第一本就是這本《權力的滋味》(*The Taste of Power*)。此書的文藝性和政治性同樣強烈，對於新聞記者如我者，具有很大的吸引力。真是一本力作。

原作者穆納谷(Ladislav Mnacko)是捷克小說家，有「紅色漢明威」之稱。青年時期為共產黨內活躍分子，後來被選為捷共的中央委員。終因政見不合，流亡海外。《權力的滋味》就是以共黨舞臺上的大人物現身說法。那主角「他」，曾是抗德的領袖，游擊戰的英雄。但在當權之後，他逐漸腐化墮落，成為人民的敵人。

「權力令人腐化，絕對的權力令人絕對的腐化」。這是英國政治家阿克頓的名言。《權力的滋味》正是透過小說藝術，來闡明這一番道理。這權力令人腐化的過程，不僅捷克如此，現在世界大事發展已足證明，東歐和蘇聯也是如此。中共在大陸上遭遇的難題之一，其實也在於「權力的滋味」，當權者不肯再放棄權力，於是而有種種鬥爭。

全書十八章，中譯本三二五頁。牛津大學的海華德教授盛讚此書氣勢磅礴，結構謹嚴，「任何對於了解極權政治之寫作具有興趣的人，都可用此書作為教科書。」進入九〇年代，歐洲的共黨政體相繼垮臺之後，重讀此書，格外覺得含義深長。共產黨背叛民意，其失敗絕非偶然。

老友林海音女士獨力創辦純文學出版社，又主編月刊。我譯了這部書稿，先在《純文學》上連載，民國五十八年出版單行本。出版前後，正是捷共一度嘗試「自由化」，杜布西克上臺，被蘇聯武力鎮壓，杜布西克下放（今年因車禍而去世），大家對東歐都很注意，所以市場反應很好。海音此後為我出了好幾本翻譯，即以本書為始。

穆納谷後來逃亡奧地利，在維也納郊外隱居，據說因心情悒悶，酒喝得很凶。某年我到維也納，陸以正學長要我就近去找穆納谷談談，可是我的行程緊湊，未能抽出那往返八十哩路的時間，以致緣慳一面。現在捷克已重新站了起來，穆納谷可能回國繼續寫作，亦未可知。

此書承襲斯拉夫文學寫實主義的精神，常常給讀者一種沈重的壓力感。它不是由一個受難者身分提出控訴，而是由一個熟知共黨政權內幕的人，從堡壘內部揭發其黑暗與無情，以及其最後失敗的必然性。在出版後二十餘年來對照時事，更可見其「預言性」之準確。共產勢力之蔓延，與左翼文學有密切關係。今之共黨政權一一崩解或根本質變，自由文學發生了重大的作用，此書是很好的證明。

《浩劫後》

《浩劫後》(*QB VII*) 是我譯的最長的一部小說，人物眾多，情節複雜，而節奏十分之快，主題是探討在種族衝突、戰爭罪惡等重大挑戰之前，人對於是非善惡的抉擇。在真理與謊言、誠實與虛偽之間，無往而不是嚴酷的考驗。

作者尤瑞斯 (Leon Uris) 是當代美國小說家裡相當多產的一位。他受教育不多，寫作有成完全靠自修，他的風格以粗獷誠摯為特色，盡洗陳腔濫調，對話尤其生動精彩。

全書情節，以一個波蘭籍醫師為主角，他被德軍強迫在集中營工作，曾以營中的猶太籍囚犯作試驗，閹除犯人的生殖能力。戰後他逃往英國，改名換姓，因任公職有功而入英籍，且受封為爵士，儼然上流縉紳人物。

另一主角是美國作家，寫成《浩劫》一書，其中有一小段揭發了那位醫師的罪嫌，引起了轟動一時的誹謗官司。全書分為〈原告〉、〈被告〉、〈待審〉和〈審判〉四部分；雙方似乎都有極強的理由。善惡之間幾乎難有一條界線。偉大的小說家重要條件之一，即在辨明善惡，分析動機。此書在這方面有卓越的表現。尤瑞斯用的不是複雜的心理學上的技巧，而完全從日常的生活言行中透露出來。其簡潔明快與緊張懸疑，使它成為當年最暢銷書，同時也是受到文評家讚賞的好書。

我譯此書，先在報端連載，再於六十一年出版，共五八三頁。書中牽涉到一些英國司法制度的運作，很麻煩但也很有趣味。

年輕的讀者可以從此書中理解到第二次大戰一部份的原因：納粹德國與猶太民族之間血海深仇的背景。這是從受難者猶太人的角度提出的歷史證言。

《輪影人生》

《輪影人生》(*Wheels*) 是以汽車工業為中心，寫出了六〇年代美國社會的橫切面：勞資的摩擦，黑白的衝突，科技發展與環境保護的矛盾，黑社會勢力的腐蝕性，以至男女之間正常的和畸形的愛情。人生向上的力量和墮落的勢力，互相糾纏、排擠、衝突，汽車是主要的引子。

原作者海雷 (Arthur Hailey) 以寫這類專題小說知名，《國際機場》、《大飯店》、《錢》等，都曾風行一時。但若論內容之精彩，皆不及《輪影人生》。

書中人物上百，有企業鉅子，有技術專家，有經理和領班，有廣大勞工和工會代表，有專作汽車宣傳的廣告人員，有汽車代理商，當然也有專門報導汽車新聞的記者。海雷細心刻畫這些人物，從不同人物、不同行業反映出汽車工業的全貌——遠比我們想像的要複雜百倍。

書中不可避免有些技術性的名詞和特殊的情節，所幸作者頗得「深入淺出」之旨，儘量使之大眾化，讀起來有行雲流水之樂，譯起來也就不覺吃力。

民國六十二年《臺灣新生報》發刊第一萬號，我譯了《輪影人生》作為獻禮。連載後出單行本，上下兩冊，六二二頁。

《蕭莎》

有人說，中國人在亞洲，和猶太人在歐洲的境遇有很多相似之處，好的時候遭嫉妒，壞的時候受迫害。古老的文明是豐厚的遺產，也是沉重的負擔。

《蕭莎》(*Shosha*) 是猶太作家辛格 (Issac B. Singer) 的長篇小說。辛格原籍波蘭，二次大戰前移民美國；一九七八年獲諾貝爾文學獎。《蕭莎》是他得獎之前的最後一部長篇小說。

先在《猶太前進日報》發表。他寫的是「在特殊環境中的某些特殊人物」，正是在兵荒馬亂、敵軍壓境時，少數波蘭猶太人的困境。

主角是一個落拓的作家，同時和四個女人相戀。他的筆調輕鬆，充滿幽默感。但是，整個的時代背景卻是近乎絕望的沈哀。

蕭莎是書中的女主角，她自幼失學，不能讀書不會寫字，所以有很深的自卑感；可是她心地純真善良，「介乎天使與白癡之間」。蕭莎和「我」之間感情的發展以及後來的遭遇，都給人一個峰迴路轉的希望，人生無論怎樣黯淡，其中仍有真趣。

原書分兩部、十四章，章節分得很細，也許是當初適應報紙逐日連載的需要。我的譯文略有刪節，譬如有關猶太教的儀節、經文、節日等等，除特別重要者外，都予省略。

辛格的特色，是他在寫實之外獨有的一種神秘感。不是故弄玄虛，而祇是——他相信，使得我也有點兒相信——世間的確有些事情是那樣怪異而又合情合理，你無法用常理來解說。

書中結尾是在二次大戰結束之後多年，「我」到了以色列，探問老友。他說，「受苦受難是不會有答案的——為那些受苦受難的人，沒有答案。」

想想眼前的許多事，我和他頗有同感。

我是在民國六十八年春間譯完這本書，出版單行本，三一三頁。很抱憾的是，聽說這本書銷路不佳，我也不知為何緣故。

《夏日千愁》

我已記不起當初為甚麼會譯這本書。它大概屬於高明讀者通常都不怎麼看重的「暢銷小說」。讀起來十分順暢，停不下來。讀完之後，還有一種惘惘然的感覺。《夏日千愁》(*A Thousand Summers*) 正是這樣的小說。

作者甘寧 (Garson Kanin) 堪稱多才多藝，他寫過不少的劇本、音樂劇和小說，自己也導演過好幾部電影。如果說現代小說的特色之一是節奏明快，甘寧可謂箇中能手。他寫的小說裡，對話和寫景都有「如聞其聲，如見其形」的實感。

書中寫的祇是一段戰時的愛情故事。男子的癡情，女子的傾心，而終因種種不巧而好事多磨，以悲劇收場。這樣的情節可說十分平凡，好就好在他的筆墨。

譯這本書覺得很輕鬆，沒有過分雕琢的造句，沒有故作深沈的哲理，就像看一場文藝電影一樣。

我的譯本於民國七十年出版，二八六頁。

《奈何天》

這本書其實是我譯書裡最早的一本。當民國五〇年代之初，我還在美國讀書的時候，就讀到了英譯本，當時是由好友黃肖兄力囑，認為我應該把它譯成中文。連這個書的譯名，也是他的主意。

《奈何天》(*Heaven Has No Favorite*)是一本所謂「戰後的戰爭小說」。情節集中在一對薄命的男女。女的是肺病患者，她的生命是「從一次嘔血到下一次嘔血」；男的是一個職業賽車手，所以是「從一次賽車活到下一次賽車」。他們邂逅相遇，就因為這種「人世無常」的感慨而互憐身世，墜入情網。儘管這是二次大戰之後若干年，可是，戰爭的陰影依然籠罩在人們的心頭。

作者是德國作家雷馬克(Erich M. Remarque)，戰時避禍美國，和辛格一樣入了美籍。他的《西線無戰事》和《凱旋門》都曾風行全球，被文學界評為「最好的戰爭小說」。在《奈何天》裡，戰爭雖已遠去，但其留下來的災禍與無常無住的宿命感，仍然支配著許多人。對於像我這樣在那樣年代裡成長的人來說，自然格外親切。

故事展開的地方，巴黎、羅馬、威尼斯等，後來我都曾多次訪遊。每次我都注意，會不會有雷馬克筆下那兩個可愛又值得同情的人物出現。

在我所譯的小說裡，這一本花費我的時間最長；我深深體會到老友的勸勉，「翻譯名家作品，也是一種學習的方法。」從譯這本小說裡，自覺受到的啟發最多。

以上這六本小說，我都很喜歡，對於那幾位作家，我都很敬佩。可是，如果容許我妄加評斷，最喜歡的是《奈何天》的筆法。

我已記不清譯稿何時完成；第一次的單行本是由白先勇先生的令弟先敬創辦的出版社印行。後來再由別家出版社出版，時在民國七十一年。

這六本小說大約有兩三百萬字吧。譯書當然也有阻難之處，但比較佔便宜的是不需要自己去創作、去構思，祇要時時想著如何把作者的原意，妥善而完整地用中文表達出來就好了。譯書的時候，我可以規定進度，譬如說每天至少譯出三千字來才睡覺。這比自己創作有把握得多。

不過話說回來，因為不必經歷那麼多的「痛苦」，工作完成之後，不會感到那樣的「快樂」。翻譯好像是撫育別人的兒女，惟有自己寫自己的小說，才能體會到作母親的幸福。

非小說類

譯書本來為的是磨鍊自己。所以我私心盤算，要譯就譯小說，別的書隨便怎麼好，也不考慮，以免分神。

《改變歷史的書》

這本書的作者唐斯博士(Robert B. Downs)，是我在伊利諾大學讀書時的老師，兼任大學裡圖書館館長。在圖書館界，以博學聞名，曾當選美國圖書館學會會長等職務，並曾應聘到日本、英國、墨西哥等國，策劃指導整理國家文物。

此書原名是 *Books that Changed the World*，「改變世界」亦即改變歷史。作者選出自中世紀以來十六本影響人類世界最大的著作，其中社會科學十本，自然科學六本，各作提要鉤玄的評介。平均每篇約一萬字，討論那本名著作者生平與時代背景，著書經過，那本著作的主要內容，出版後的影響與批評；更重要的乃是那本書對後世究竟發生了甚麼樣的影響，怎樣會改變了歷史。

在伊利諾大學，一年級要修一門「現代文明」，主要參考書就是這本《改變歷史的書》。世界之能成為今日的面貌，從馬基維利的「王者論」，到愛因斯坦的「相對論」，都有其重大的作用。

研究生無需去修大一的課，但我發現這本書是極好的讀物，尤其是對於我們東方人而言，大有助於理解西方近代文明的演變和成因。所以我一直把它帶在身邊。

回國之初，有些朋友約我寫文章，也有的要我對青年們講講話。我覺得評介名著是很有意義的工作，就挑了幾篇譯出來，有時加上我自己的補充；作過幾次之後，讀者反應很好，我想既然已經開始，索性都寫出來吧。最初發表時，分散在好幾種報紙和雜誌上。

林海音女士獨力創辦純文學出版社，她看中了這本書。她的出版事業剛剛起步，我很擔心這樣「硬」的內容，而且不是純文學性質的書，會不會為讀者接受？搞不好會影響她的出版社，那我以後怎麼好再跟她見面。可是她說絕無問題，現在的讀者對於追求新知、增益學問的書，都很喜歡。於是便為我料理一切，隆重出版。事實證明，她的確是一位眼光銳利、判斷正確的出版家。《改變歷史的書》歷年印行八十餘版次，約二十萬冊。有好幾所大學的歷史系選為參考教材。

由於此書的成功，使我信心大增。海音直到今天還在笑說，當初如果不是她看得準，我那幾本書大概都不會譯出來了。

《改變美國的書》

在出版了《改變歷史的書》之後約兩年，我又譯出了唐斯博士《改變美國的書》(*Books that Changed America*)。同一作者根據同一精神和方式，寫出來的經典評介。唐斯博士選了二十五本著作，是美國建國二百年間「形成美國文化與文明，影響最為重大的書」。二十五本裡，有四本已見《改變歷史的書》。

我譯《改變歷史的書》時，其中的偉大著作，有的即使沒有讀過全書，也聽說過書名和作者，多少知道一些梗概。《改變美國的書》則不同，其中有半數以上事前聽都沒聽到過。在增益新知的前提下，我譯得更有興趣。

有幾本如路易士與柯拉克合著的《遠征史》，畢尤蒙的《胃液與消化生理》，都令我眼界大開。林德夫婦的《中城》，和畢爾德《美國憲法的經濟性解說》，更令我領會到現代社會科學家實事求是的研究精神。

各篇也是先在報紙、雜誌上分篇發表，再出版單行本，三六八頁。銷售情形也不錯。

《人生的光明面》

這是我無意中在旅途中找到的一本書。書的原名應譯為《積極思想的驚人效果》，作者皮爾博士(Norman Vincent Peale)是當世著名的佈道家，倡導「積極思想」，終生不渝。他說，「千百人寫成了這本書，我祇是將這些人的共同經驗集合而成為一本書」。書中舉出許多實例來，說明凡是奉行「積極思想」的人，都可以在平凡的人生中開創驚人的轉變。我稱之為「人生的光明面」。

此書中譯本先在《臺灣新生報》連載，再出版單行本，二六六頁。

因為這是一本平實親切、勵志益智的書，從六十一年出版，到六十七年五月已印行了六十版次。那年我在飛往斯德哥爾摩開會的飛機上，寫下〈第六十版後記〉。結尾說，「黑暗是真實的，但光明是更強有力、更真實的前景。成敗利鈍，首先要問自己有多大的信心。」

這本書得到讀者的回響，似乎比任何一本別的書都多。許多人告訴我說，此書的確給他們很大的鼓舞；甚至在重要關頭，改變了他們的人生。這樣的反應當然令我感到欣喜。同時，我也樂於承認，從建立自信到追求光明，這本書對我個人的人生觀也有極大的影響。

《熱心人》

皮爾博士寫過的書不下十本，《熱心人》(*Enthusiasm Makes the Difference*) 與《人生的光明面》有如姊妹篇。他說，「興趣，熱心，生命力——這就是本書討論的內容。」他強調，熱心，這種無價的品質足以造成萬事的不同。「一念之間」，就可以使人生氣勃勃，活力充沛，出類拔萃，不為俗務所拘限。

皮爾博士是一位宗教家，在他的心目中，熱心與信德、望德、愛德很接近。與儒家哲學裡所說的「誠」，也有相通之處。至誠則靈，熱心的發揮，其理正同。

《熱心人》與《人生的光明面》異曲同工，都是從積極的出發點，給人希望和勇氣。這兩本書相繼掀起暢銷的高潮，對於青年讀者影響尤大，我自己頗引以為慰。

結語

歲尾年頭，正是所謂「回顧過去，瞻望來茲」的時刻。記得民國八十年春間，《中央日報》舉行現代文學討論會，請了名小說家潘人木、評論家黃慶萱，就我的小說作品提出評論。

這對我來講，誠屬極大的榮寵和鼓勵。當時會場中，也曾有文友問到我的翻譯作品，以及譯書對我的影響。

我的作品目錄，過去曾編過幾種，大都以創作為重。這次利用新年期間這一段假期，把自己譯過的書匆匆瀏覽了一遍，作一番簡略的總結。有的朋友們覺得這些翻譯的工作有價值，值得肯定。也有的朋友認為我不應該花費那麼多時間去搞翻譯，應該集中心力和時間，去寫自己的作品。對這兩種不同的看法，我同樣表示衷心的感激，因為都是出於愛護我、鼓勵我。

我要說的是，在「兼辦」翻譯的這些年頭裡，也就是從民國五十八年到七十年前後，是我從國外讀書回來，本身專職的新聞工作越來越忙的時候。那些年間，我先後擔任《新生報》總編輯、副社長；《中央日報》總主筆、副社長、社長；有幾年又承擔著中華民國筆會會長的職務。工作既繁，雜務亦多，使我很難集中心力寫自己的作品。情不得已，才想到用翻譯別人的好作品作為代替，「聊以自遣」，同時也是一種明心見性的姿態——不管我幹甚麼，我不敢忘懷文學寫作「才是我的故鄉」。

人生的道路是曲折的，人生經歷往往有些是「身不由己」。今天，在退休之後，應有較多的時間讀書寫作，作一些自己真正喜歡的工作。翻譯他人作品被我看作創作的「代用品」，現在不應該再靠代用品來聊以自遣了。因此，我作此一番回顧，過去的都已過去，未來是一個新階段的開始。陶淵明詩：「及時當自勉，歲月不待人」，姑以此當作新年新歲自加策勉的話吧。

原刊於民國八十二年四月三十日至五月三日《中華日報》

唯善與愛

文學的鑑賞與批評，總不免有主觀的成分；所謂異同好惡，往往會流於「此亦一是非，彼亦一是非」，沒有甚麼絕對的標準。鑑賞屬於個人趣味，批評則具有公之於眾的意義。譬如各種文學獎的評審，其影響可能不止於一時文風而已。直可用魏徵的話來形容其重要：「載舟覆舟，所宜深慎」。

《聯合文學》月刊創刊七週年以來，對於文壇的影響和對於人才的獎進，有目共睹。特別是當文學面臨世界性蕭條之時，這樣一本刊物能保持一貫的風格和水準，實非容易。

最近讀《聯合文學》第八十五期上，發表了今年小說新人獎的得獎作品和評審報告，我感到很大的興趣，也有一些淺見要表達。

我感到興趣的是，這次兩篇得獎的中篇作品，〈水源村的新年〉和〈岸骸殘夜〉，引起的反響不同。略如張大春「一個評審內在之分裂」所說：這「分裂」不僅是評審委員個人的苦惱，也是評審會、或者一般讀者與評論家的苦惱。

〈水源村的新年〉，據黃碧端女士的評語，是五篇進入決選作品中「唯一平實經營的作品」，好處在平整順暢，但「多數人物過於典型化」。也許可以說，它太「正」了。

爭議較多的是〈岸骸殘夜〉，「在駭人的布局中剪貼場景，愛情、迷失、變態屠殺、報復等情節交替映現。這篇故事，視之為一個暴力電影的文字版的話，是相當成功的作品」。當然，這不是褒揚與肯定的說法。這篇作品太「偏」了。

黃教授說，這篇作品所反映的浮薄與變態，「不能不使人為我們的『新人』創作會走上一條什麼樣的道路而驚心。」

我與評審委員們有相同的困惑與憂慮。在太「正」與太「偏」之間，究竟如何方能得到一個適當的答案？我想要說的，就是針對這一點。

幾篇評審感言都寫得很用心，值得細加討論。如馬森先生的文題：「臺灣作家必須面對大陸和海外作者的良性競爭」，這一呼籲，大家都能理解，而且大體都會同意。在兩岸互動展開之後，以文化交流為先導，則文學作品的交流自必是題中應有之義。中國祇有一個，無論住在甚麼地方，祇要他從中國人的立場出發，用中國文字，抒寫中國人的感情，自然而然就會互相觀摩比較，「良性競爭」事實上已經開始。

馬森先生有一段話，代表他的文學主張：

> ……目前最重要的是如何把批評的標準維繫在文學的審美範圍之內（包括鑄字、修辭、對人生的透視和表達的感染力等），不致使外緣的價值——諸如宗教的、道德的、政治的等等——過分地侵犯到文學的創作，或讓世俗的功利主義把文學創作帶上商品取向的道路。

換言之，也就是創作的自由。

每一個認真寫作的人，每一個認真的讀者，原則上都有同感：創作的自由，是寫出好作品來的最要緊的前提。

這方面，對於在臺灣的作者們，應該比較有利；相對於大陸上的情況，臺灣地區人民、特別是知識分子享受的自由比大陸同胞多得多。

但情形似乎並不如此簡單。

因為，「不致使外緣的價值，過分地侵犯到文學的創作」這個界線，作為一種理論架構，頗有流弊。

如果說，文學創作為了防範「過度地侵犯」，因而把宗教的、道德的、政治的（同理也可以加上社會的、文化的）種種考慮，完全排除，而祇限於「審美的範圍之內」，美則美矣，會不會造成反道德、反社會、反人性的後果呢？

萬一不幸而如此，那便與倡導文學的原來宗旨相反相離；絕不是我們主張「創作自由」的原意吧。

基本上，我也贊成文學作品有其自立自足的條件，可是不能同意「唯美是求」的標準。文學創作除了鑄字修辭之外，道德、社會、宗教、政治，這些外緣價值其實也是創作質素中的一部分。這些「外緣的價值」，跟馬先生所說的「對人生的透視和表達的感染力」，都是分不開的。人，生活在社會之中，不能自外於社會的影響，而他的思維言行也必然會回過頭來影響社會，波光交網，很難截然斬斷。文學作品涉及這些方面，不僅無需迴避，而且應該深入底裡，生動地反映其面貌與精神。

文學是入世性很強的藝術。唯美，在詩與散文或者可以作到（也祇是一部分而非全部），小說則很難。像《戰爭與和平》那樣的作品，托爾斯泰筆下，反抗拿破崙的愛國主義，和反對獨裁黷武的人道精神，同樣的重要。如果把這兩大要件抽離，無論托爾斯泰如何精心去刻畫人物、安排情節，《戰爭與和平》祇能是二流以下的作品吧。

我很能理解馬先生所強調的標準。但擔心這樣的標準即使在理論上健全，適用起來是不是會有意料之外的後果？

4

〈岸骸殘夜〉用來作為一例，似可證明了我的杞人之憂，並非全無理由。這篇小說是試驗性很強，而且呈現出創作潛力的新作。但如馬先生所說：

其中兇手行兇的場面，對性犯罪的血腥描寫幾達讀者可以承受的臨界點。在這幾萬字的中篇裡，淫穢的語言和兇殘的描寫佔了絕大部份。姑引一小段如下：

……菜刀的刀鋒，在天使凝滯的眼神引領下，和血進出女孩兩只柔嫩、勻稱的乳房。女孩鬆軟的肢體，如同他斂勢的陽具，無意義地在大氣裡搖晃著；淋漓、暗紅的血液、肉屑，在闇澹的月光中飛揚、發散，紛紛掉落在濕漉、暗褐的沙灘上，血的鮮紅，便顯得沒有原來那麼搶眼：「妳他媽真的一點都不愛我……一點也不……」天使淒厲的聲調，似乎企圖為自己的行為辯解……

以下的描寫，揮刀如雨，女體被剁成血漿肉醬，然後砍下了她的頭顱，當皮球踢。那些文字，不僅達到了「讀者可以承受的臨界點」，而其醜惡、殘忍，和仇恨的程度，也超越了文學的臨界點。

可是，馬森先生認為：

但是就該篇的美學架構而論，有關性和血腥的片段，實具美學的企圖，而非徒以煽情為能事，因此含有了開拓文學視野的價值。這是該篇在決審委員激烈的爭辯之後，終能脫穎而出的主要原因。

再看評審投票的紀錄，馬森先生佔了三點（這是投票規則許可的），〈岸骸殘夜〉共得五點，馬先生的意見乃佔了百分之六十的比重。

從〈岸骸殘夜〉的實例，包括上面引述的那一段（全文中那一類血腥描寫，還有很多），也許確乎有「美學的企圖」在內；但這是甚麼樣的美學、甚麼樣的企圖呢？

這樣的追求「開拓文學視野」，最後會不會流於茫無目標的夢遊？這樣極端的發展，可能是形式上炫奇弄巧（用血腥來達到震撼，也是炫奇弄巧手法之一）；而內容則是虛無。

5

一種文學獎的設置，除了鼓勵作家努力創作之外，同時也有倡導創作風氣，乃至帶動寫作方向的作用。文學獎就是一種切片式的批評。某種文學獎所認可、鼓勵的標準，無形中便成為一種暗示。雖然大多數有志寫作的人都看不起模倣，但「這個樣子的作品就可以得獎」，這樣的想法造成短期內的某種流行，是很可能的。

使我感到不安的，正在於此。

〈岸骸殘夜〉的作者陳裕盛先生，完成這篇作品時不過二十三歲，從作品中可以感覺到他的躍動的才華。陳先生在得獎感言裡說：

> 我們的文學觀，在地域的限制下，先入為主地被誤導著，顯得狹隘。從事短篇小說寫作，

也經常以此警惕。寧可冒犯人心的忌諱，也不要在創作上畫地自限。因此我的作品，在精神上經常是叛離傳統的……

這種衝開樊籠、踏破傳統的想法，是很可貴的。但是，這種勇敢切勿流於唐吉訶德式的，而應該是深明究理、帶著更高的理想，追求人生的提昇與完滿。

陳裕盛是這樣年輕而多才。令人擔心由於《聯合文學》的推薦獎和文壇先進的肯定，使他從此之後更加偏執，把「叛離傳統」作為主要的甚至唯一的任務，繼續寫出類似〈岸骸殘夜〉的作品來。那恐怕不是一條發展才能的正路。

面對整個世界，文學界必須爭取創作的自由；這是寫出真實的、好作品來的必要前提。但是，面對自己，文學工作者（包括作家與批評家），必須發揮高度的自律，唯有自覺地抱持著「止於至善」的目標，創作自由才有意義。作者不是遺世獨存的漂流客，更不是驕縱無方、被寵壞了的頑童。

文學藝術需要自由，同時更需要內在的規範。

文學家可以不接受各式各樣的清規戒律、理論學說，但不能不接受自我的評鑑，自求心之所安。

美國小說家梭爾・貝婁說，他寫作的目的，就是「要在紛紜的人生裡，重新找出秩序來」。這秩序不止是法律上的秩序，而是人生整體的和諧。

6

一個人活到像我這般年紀，許多事都已看得很開、很淡，近乎「萬事不關心」的地步。此時此地，亂糟糟的、不合情、不講理的事情，太多太多。在這樣的大環境中，追求人生的和諧，直似緣木求魚，徒勞無功。可是，作為一個知識分子，總還希望能盡到一分心力。不敢說力挽狂瀾於既倒，至少也像普陀山上的鸚鵡，用羽毛蘸了水去救火吧。

這次徵文，從主辦者到評審者，都是我平日敬佩的文友（雖然有兩位沒有見過面），叨在同文同好，當可體會到我的心情。

用玩世不恭的態度來看，一篇小說有甚麼了不起；一本雜誌又有甚麼了不起；總不會影響到天下安危、國家興亡。

我的想法不盡如此。我認為，祇要我們認為它很重要，並且很嚴肅地對待它，它就是很重要。一粒砂裡有一個世界，一粒芥子裡有須彌山。

一篇小說就可以反映一個時代的精神。

《聯合文學》這次的評審，和國內外許多文學獎一樣，評審委員會的決議是最後的、不可更改的決定。大家都明白，並且尊重這樣的規定。

而我在此嘮嘮叨叨，是想要創一個例：評審作品定案之後，讓讀者對於結果也可提供意見。

在新聞傳播媒體上，常常看到「進步」、「保守」之類的字眼。求新固然要緊，求善更是重要。俄國小說家索忍尼辛在他的《地獄第一層》裡，曾透過書中人物指出：「十九世紀的科學技術，在今天看來不過是幼稚的兒戲。可是《安娜・卡列尼娜》卻是當時的人所寫的巨著，它在文學史上所得的評價，至今屹立不移。」

這話當然也可應用在《紅樓夢》、《水滸傳》、《三國演義》等許許多多古典巨著上。我們不應被傳統奴役，但也不要忘記，傳統裡面的確包括很多珍貴的瓌寶。

7

最後，容我歸納我的意見：

我覺得，〈岸骸殘夜〉列為推薦獎，似有值得商榷之處。原則上，文學作品在美學架構之外，是否應考慮到它的與人生、與社會相關的外緣價值。

我最崇敬的外國小說家，是托爾斯泰。他的《藝術論》中認為藝術的最高境界，在於宣揚上帝的意旨。作為一個純粹的宗教家和道德論者，莎士比亞的戲劇，貝多芬的音樂，以及他自己的早期創作，全都一無是處。當然，這樣過分的聖潔化，太過分了。小說不應當是勸人行善的「太上感應篇」，或者平章時事的報章社論。

可是，托爾斯泰下面這段話，意味深長，值得三復斯言：

> 我相信我的生命、我的理智、我的光，就是為了燭照人類。我相信我對真理的認識，是用以達到這個目標的才能。這才能猶如一團火，它祇有燃燒時才是火。我相信我的生命唯一的意義，生活在我內心的光明中，把這光炬高高舉起，讓人類都能看到。

他所說的光明究竟是甚麼？

晚年的托爾斯泰曾一再強調：「唯有透過善和愛，才能在人間建立天國。」

善、愛、光明、和美感架構等等，都是抽象的字眼。如何從藝術上求其實踐，是作家的責任。至少我們需要自我惕勵，不要作追求善與愛背道而馳的事。這不是畫地自限，而是合情合理的自我期許。

〈附記〉馬森先生有〈重視「美感企圖」，有其時代意義〉一文，與我這篇小文同時發表於《聯合文學》月刊，請參閱。

原刊於民國八十一年三月《聯合文學》

善不求報

都說現在是小說的歉收年代。我不敢說同意不同意；很希望讀到新的、震撼心魂的巨著，但的確很難得，回頭來找老朋友，好書不厭百回讀。

重讀了一遍托爾斯泰的《安娜・卡列尼娜》，書中主角之一的列文在歷經滄桑之後，發出了這樣的喟嘆：

> 在無限的時間裡，在無限的物質裡，在無限的空間裡，形成了一個泡沫有機體。這個泡沫經過了一段時間，就破裂了，這個泡沫便是我。

生命似乎是既無目標，也無意義可言。列文認為，擺脫塵世種種邪惡勢力，唯一的方法是死亡。列文雖是一個幸福而有家室的、健康的年輕人，卻有好幾次瀕臨自殺。為甚麼會有這樣黯淡的想法？我以前每讀到這兒，總覺得不甚懂，更說不上同意或不同意。泡沫般的虛無感，近來才覺得這樣親切，似乎籠罩著每一個人。

托爾斯泰三部偉大長篇小說裡，他自己最滿意、認為最能代表他的思想與藝術觀的，是《復活》；大多數評論家，包括寫了《世界十大小說家及其代表作》的毛姆，都認為《戰爭與和平》是「有史以來最偉大的小說」。但我一直覺得從《安娜》得到更多的啟發，對人性的刻畫和分析，更為深刻而生動。此書雖沒有《戰爭與和平》那些千軍萬馬的大場面，沒有《復活》那麼強烈的宗教意識，但卻是更人性、更入世的藝術品。

這長篇共分八部，一、一六八頁，我在大學時讀過兩遍，此後常常抽閱其中某些段落。最近又從頭到尾通讀一遍，距離前一次細讀全書已隔了十三年。時間往往花在不相干的事情上，要重讀細讀自己喜歡的書反而常常「沒有空」，這種怠惰該就是自我放縱吧。現在正努力收斂心情，要享受最好的作品，以珍視有涯之生。

列文從名都大邑、紅塵萬丈的浮華世界，回到了農莊。跟純樸的農民們閒談之後，他體會到了為信仰而活的道理，止於至善，祇在寸心之間。用托爾斯泰的話說，「假若善有原因，它便不是善。假若善有結果——酬報，它也不是善。所以，善是在因果的連鎖之外。」種善因，得善果；行好事，得好報。嚴格說來，也都不是善了。真正的善，無法用理性去說明，有「不可理喻」的味道。

仔細想想，世間的人事紛紜，不正是這樣一幕一幕演出嗎？種種勾心鬥角，舌劍唇槍，表面上都似乎有條有理，正義凜然；骨子裡無非是自私自利。人若真心行善，連說也不必說，自己心中分曉便好。

研究托翁小說的人多認為，《安娜》裡的列文和《戰爭與和平》裡的畢瑞，都有作者自道的意味。往好處說，善良、慷慨、謙遜、自我犧牲；缺點則是脆弱糊塗，優柔寡斷，常常容易為小人所欺。晚年的托爾斯泰，生活中種種拂意之處，大部分因這種性格而來。

女主角安娜的婚外情結局是跳到鐵軌上自殺。她的情人佛隆斯基走上戰場去報効國家，還自費募集了一群士兵。列文和吉蒂婚後過著平靜的鄉居生活，最平凡的即是最幸福的：「我將照舊不能憑理智去瞭解我為甚麼祈禱，卻還是祈禱——但現在我的生命，我整個的生命，和我遭遇的萬事無關，時時刻刻，不但不像從前那樣沒有意義，而且有了無可置疑的善的意義。」

泡沫感的虛無，旋生旋滅，過眼成空。宗教信仰可能有千百種，但「止於至善」的追求，在最平凡、最實在的生活中可以體現出來。對於那麼無理的謊言和狂囈，要學到充耳不聞、毫不動心的功夫。

泡沫易碎，以真誠為信仰，懷著滿腔善意，才不會有虛無感，泡沫不會破碎，我自是我。

原刊於民國八十五年四月廿日《聯合報》

大疑雲

——「誰殺了甘迺迪」影片所引起的迴想

1

歲尾年頭，美國社會最熱門話題之一，是聖誕節假期裡上演的電影「甘迺迪」（該片原名）。

美國總統甘迺迪，一九六三年十一月廿二日在德州達拉斯出巡途中，被刺殞命。這是美國政壇的大悲劇，也是轟動世界的大新聞。此案發生時，我正在美讀書，並受聘為臺北報紙承擔筆墨工作。我曾以「刺甘案經緯」為題材，寫過長篇報導，連載了一個月。因此對這一事件的始末，印象相當深刻。眼前這部電影出現，不免勾起許多舊時的回憶和疑點。如果單從寫小說、編劇本的觀點，而不涉及政治爭論，倒也頗值一談。

這部耗資四千萬美元，片長三個多小時（一百八十九分鐘），以「翻案」為主題的電影，片名祇是簡簡單單的「J. F. K.」，也就是甘迺迪姓氏的縮寫。他的全名是：John Fitzgerald Kennedy。這樣的簡寫，才正顯示其聲名之顯赫。二十世紀的總統裡被這樣「簡化」的，以四度當選連任的羅斯福最為世人熟知，F. D. R. 是更響亮的一個名字。

這部影片之所以轟動，一部分原因由於導演與演員陣容堅強，但主要還是由於「翻案」——翻了將近三十年來的「定論」。究竟誰殺了甘迺迪？影片中所陳示的，意在否定華倫委員會調查後，為美國朝野各方已經接受了的結論。因此引起了強烈的反應和批評；有的評論者甚至指責這部影片，聳動聽聞，扭曲歷史，有「動搖國本之嫌」。

導演史東 (Oliver Stone)，為好萊塢的新銳，過了新年才四十六歲。此人能編能導，手段不凡。他的片子「七月四日誕生」和「前進高棉」，臺灣都已演過，也都很叫座。「午夜快車」、「疤面人」是他寫的劇本。他前後已得過三次奧斯卡金像獎。

男主角科斯納 (Kevin Costner)，更是當今影壇第一號大明星，「與狼共舞」和「羅賓漢」使他的聲名如日中天。

「甘」片並不是甘迺迪的傳記，主要情節都在行刺案發生之後。所以甘迺迪祇是一個引子，而不是主角。

科斯納扮演的，是一九六〇年代在新奧爾良地方法院擔任檢察官的蓋瑞森(Jim Garrison)。甘案發生之後，蓋瑞森認為疑竇甚多，聞知兇嫌奧斯華曾經到過新奧爾良，他就主動進行調查。他雖蒐集到一些線索，舉發了一個有嫌疑的商人，但以證據不足而不能成立。

蓋瑞森始終不相信華倫委員會長達二十六卷的調查報告書。他在一九八八年寫過一本「追蹤兇手」的書；史東的電影，最初的靈感就出自那本書。

照電影廣告上的形容，蓋瑞森其人，「不惜個人生死，不計家人安危，不怕喪失一切寶貴的事物，去追求他認為最神聖的——事實的真相。」

劇本所塑造、科斯納所扮演的，就是這樣一個英雄人物，鍥而不舍，追根究底。

蓋瑞森今仍健在，而且在電影中插上一腳，那聯邦最高法院首席大法官華倫，就由蓋瑞森演的。

片中還有好多位大明星，如傑克李蒙、華頓馬修等，都曾是金像獎得主；應邀跨刀，更使此片聲勢不凡。

當然，「甘」片之成為熱門話題，主要還在於「翻案」；美國社會雖無所謂政治上的禁忌，但史東在這部影片內外，都毫不掩飾他的看法：刺甘者另有其人，不是少數人一時衝動，鋌而走險，而是有一個集團，設計周密的行動。

這個集團，可能包括有中央情報局和聯邦調查局的重要官員，達拉斯城的警務人員，陸海空三軍，大企業，黑手黨，乃至上及白宮。大企業中包括貝爾公司（供應美軍在越南作戰的直昇飛機）。白宮則暗指由副總統繼承大位的詹森總統。

至於行刺的原因，則是因為甘迺迪對共產黨態度軟弱，尤其是對古巴的卡斯楚政權多所姑息，對越南之戰不想打到底。陰謀集團決定「去之而後可」，就是怕他撤退。

這兩種說法似是而非。不錯，豬灣之戰，甘迺迪沒有堅決支持中情局的孤注一擲，那是為了整個國際和戰大計不得不作的決斷。至於越戰，昇高是在他任內，撤兵卻是他死後多年的事。

目前評論界不滿的，也就在這兩點上。這些評論家基本上都是甘迺迪的支持者。他們認為甘迺迪是代表自由派政治人物的主將，雖與右翼論點每多鑿枘，但他仍是一個愛國者，是對共產黨頗有了解的人。對付卡斯楚的豬灣登陸戰，固然是虎頭蛇尾，草草結束；但後來力迫赫魯雪夫撤出進駐古巴的核子武器。甘迺迪那一篇「防疫演說」，一面警告蘇聯限期撤退，一面作種種動員決戰的準備。赫魯雪夫果然知難而退，不敢蠻幹到底。事後專家分析，那一次的實力展示，是一九四五年以後「最接近第三次大戰爆發的危機」。

由此可知，責備甘迺迪軟弱，顯非公允。至於說有「軍方勢力和大企業集團勾結」，再加上政治人物介入，布置暗殺而又一手遮天，掩蓋真相，似乎渲染過當。所以，有人責備史東是「藝術家曲解歷史」，後患可慮。也有人則責備他對甘迺迪太不公平，對美國的憲政體制更是有害無益。

這些見解，是目前新聞界和評論界的主流。有位專欄作家甚至用反諷的筆調來挖苦史東，題目叫做「是我刺殺了甘迺迪」。他說，「我記得很清楚，那天晚上，我們一萬九千三百四十七個同謀者，在麥迪遜廣場開會，商量我們的行刺計畫。」

反擊史東這部影片比較有力的一個說法是：「如果真有一個大陰謀集團，像你所說那樣神通廣大，為甚麼他們沒有把你幹掉，還讓你從從容容拍攝這部影片來『揭發真相』呢？」史東對此未有解釋。

史東之作難道真是這樣荒唐無稽，不值一顧嗎？是又未必盡然。

我願說說我個人的觀感。

一九六〇年九月，我考取一筆獎學金，到南伊利諾大學去讀書。新聞研究所主任郎豪華博士，是密蘇里大學出身。密大新聞學院院長莫特，曾以「美國雜誌史」獲得普立茲獎，在新聞學術界猶如泰山北斗，「眾師之師」。那年他已退休，郎豪華憑著師生之雅，動之以情，請他到南伊大來開一門「新聞文獻」的課，我們那一班有幸，成為莫特老人的關門弟子。他的課在他家裡上，排在晚間。

想不到第一堂上課時，老人笑瞇瞇地說，「今天放假，你們趕快回家看電視去吧。」

原來那天晚上就是兩黨總統候選人甘迺迪與尼克森在電視上辯論的第一場。這是美國歷史上第一次總統候選人政見辯論在電視上「立即」向全國播出，當然轟動無比。

一九六〇年是共和黨艾森豪總統任期的最後一年。尼克森以副總統之尊角逐更上層樓的機會，甘迺迪則以世家子弟、哈佛俊才、參議院中新銳議員的身分，作進軍白宮的試探。論聲望與資歷，甘略遜於尼。但在四場電視辯論之後，支持甘氏的呼聲扶搖直上。到最後，甘即以十一多萬票的微小差數險勝而執掌政權，成為美國史上最年輕的總統，被世人稱為政壇「金童」。

2

甘迺迪在電視辯論上論及中國問題。他雖然也主張對共黨不可姑息，但又認為金門馬祖無妨放棄，以降低緊張氣氛。次日好幾家大報紙把他這一段話作了大標題。臺灣去的中國同學們都覺得很不是味道。甘迺迪上臺後並沒有在金馬外島上繼續作文章，競選言論未必就是他真正的政見；不過，類似的言論，當然留給人「對共產黨態度軟弱」的印象。

至於越戰，美國派遣軍隊援越，起初以「軍事顧問」的名義，即在甘氏就職未久人數大幅增加。雖然對於戰局的演變他並不樂觀，卻也並無明顯要抽身的徵兆。

有一件事至今疑雲難解。那便是那年十一月初，越南總統吳廷琰在一場軍事政變裡被殺殞命。發動政變的楊文明，與美方關係很深。外間傳聞，吳廷琰遇害，是出於美國授意；甚至有人說，甘迺迪不僅事先知情，而且有幕後主使之嫌。

吳廷琰死後短短的兩個多星期，甘迺迪遇刺喪生。吳是虔誠天主教徒，且是一位神父：甘家是天主教家庭。好事者遂謂，甘氏的不幸悲劇，冥冥中不無循環報應之意。當然這祇是市井游談。

不過，自吳廷琰去世之後，越南再沒有一個強勢的領導人物。西貢城中的政客軍頭，縱橫捭闔，祇能私鬥而無力禦敵。美國雖大力援助，終於徒勞無功。吳廷琰之死，是越局加速糜爛的一個關鍵。

甘迺迪被刺前不久，曾接受電視名主持人布林克萊的訪問，再度提出「骨牌理論」之說，強調越南萬一淪陷，東南亞周邊各國也將難保。從這段話裡，可知甘迺迪理解越南戰局對東南亞安危的影響。如果說當時他已確定了「撤兵」的計畫，是沒有甚麼根據的。

3

甘案之所以給人疑竇重重的印象，在於事後的調查，側重於「誰行刺」和「如何行刺」的解答，但始終說不出「為甚麼」。當時注意案情發展的人，包括我在內，的確都存此一問。

兇手奧斯華是一個性情極不穩定的人。他曾投奔蘇聯，娶俄女為妻；後來又自請回美。他沒有受過完整教育，也沒有養家活口的一技之長，寄跡風塵，可說是「浪子型」的小角色。但他跟甘迺迪無冤無仇，有甚麼理由冒著生命的危險去行刺？成則對他自己並無任何實質利益，敗則必有性命之憂。謀殺而沒有充分的「動機」，此可疑者一。

十一月廿二日，甘迺迪的車隊巡行達拉斯街頭，經過教科書倉庫大樓時，奧斯華從六樓窗口開鎗，據說是開了三鎗，其中有一顆鎗彈，不但擊中了甘迺迪，且打傷了同一輛敞篷禮車上的德州州長康納利（此人後來曾任海軍部長、財政部長，一度也曾競選總統提名）。

史東指出，從奧斯華站的窗口朝向車隊開鎗，適合的角度和距離，衹有五・六秒，這麼短的時間，不可能連開三鎗，而且打得那麼準。在拍攝影片之前，史東曾排出車隊，在同一場所、同一路線、以同樣速度進行。他請到聯邦調查局的狙擊手在樓上試射。那些平日百發百中的射手都說「辦不到」。

再者，照當時官式說法，甘迺迪是被從後方發射來的鎗彈，擊中喉嚨，傷重而死。可是，從現場路人攝得的影片（那鏡頭《生活》畫報上曾經刊出），甘迺迪被擊中後，頭向後傾；可見致命之彈是由前方射入。

史東的說法是，刺客共有三組，從不同方向開了六鎗。兇手絕不止一個，奧斯華祇是「陰謀集團」的代罪羔羊。

華倫報告書則以醫師的解剖報告為根據，證明鎗彈的確是由後項打中。並引述現場目擊者的證詞，大多數人聽到的槍聲都祇有三鎗。

以上這幾點，確是令人困惑。

兇案發生兩天之後，奧斯華在由達拉斯警局起解之時，竟被另一個江湖人物魯比在眾目睽睽之下，開鎗擊中要害，當場死亡。這一段經過，各家電視上都有現場轉播，而且重播多次，我看得印象甚為深刻，私心認為本案「可疑」，也正是由於這一節外生枝。我懷疑的是：

第一，奧斯華以刺殺總統的兇手而被捕，警方認為罪證確鑿，可以說「欽命要犯」。這樣重要的犯人起解，理當戒備森嚴，萬無一失。事實上，當時祇是由幾個便衣人員架著奧斯華的兩臂，後面跟隨一群警察；旁邊有許多閒人圍立，魯比就混在中間，等到奧斯華走過面前，魯比拔鎗就射。行兇後當場被捕。

以開脫衣舞場為業的魯比自道其殺人的動機，是不忍見甘家的孤兒寡婦的悲慘處境，激於義憤，無悔無尤。

奧斯華既已就逮，罪行如何，自有法律制裁。魯比這種越過了法律、全無必要的「行俠仗義」的行為，很難令人信服。因此，使得那些相信魯比殺人是為了「滅口」的人，振振有詞。「陰謀集團」之說，也就顯得並非幻想了。

奧斯華被鎗殺之後，他的妻子俄籍的馬琳娜，悽惶獨處，景況堪憐。有些慈善機構和新聞機構為她發起捐款。一個月之內竟達六十餘萬美元。三十年前的六十萬，到今天則一千萬也不止。雖說美國民眾樂善好施，但對一個行刺總統兇手的遺孀，寄予這樣多的「同情」，是否也有可疑之處？那筆錢是否完全是公眾的捐贈？或者是別有來源的「安家費」？事後很難查明了。

甘迺迪被刺之後，數年之內，又有他弟弟羅勃・甘迺迪，和黑人人權領袖馬丁路德・金氏相繼被刺，這三大血案的發生，對美國社會人心的衝擊極為嚴重。或謂，六十年代以後，自由派與保守派的對立，黑白的衝突，反戰示威之興起，嬉皮文化之流行，甚至青少年吸毒之氾濫，都是這三大血案的後遺症。其說法是，這三個人都是新興政治勢力的象徵，他們不幸死於非命，令青年們沮喪絕望，有的益趨極端，有的自甘下流，美國社會乃漸呈兩極化的發展。

史東則認為這三大案前後相關，是同一個陰謀集團在操縱。他稱之為「看不見的政府」，這個集團擁有的龐人財力，呼風喚雨，無所不能。

這種說法，自有誇大之嫌。

不過，單就甘案而言，奧斯華刺甘，魯比殺奧，「理由」都欠充分，「動機」都不近情理。「為何殺人」得不到很合理的解答，自然難免種種議論和猜疑，至今仍未能定案了。

4

有一年，和新聞界先進們聚談，偶然談到刺甘一案，大家都覺得案情撲朔迷離，可疑之處甚多。我說，「依照平日讀偵探小說的經驗，在謀殺案中，獲利最大的人，往往就是最可能的兇手或主謀。如果這個說法能夠成立，白宮裡的詹森總統豈不是嫌疑最大的人？」

有位前輩覺得這一「大膽的假設」，看小說則可，論時事則不可。他說，「以美國政治體制和社會環境而言，副總統為了覬覦大位，把總統刺死，那是不大可能的。」

我完全同意這樣的判斷，一場閒話就此一笑而罷。

不過，我的話倒也並非完全無根的狂想。在甘迺迪與詹森之間，有契合無間的一面，也有暗生齟齬的一面。

第一，兩人雖皆為民主黨中的健者，但背景、經歷、性格截然不同。甘迺迪出身豪富，少年得意，文采翩翩，他的志願本是作一個詩人而非從政，頗富於理想主義色彩。詹森則起自寒微，自力奮鬥而有成，從基層一步一步爬至高位，成為參議院裡多數黨領袖，與眾院議長雷朋聯手，呼風喚雨，勢傾朝野，任何一位總統都不能不讓他們幾分。

一九六〇年民主黨內爭取總統候選人提名時，甘詹二人旗鼓相當，互不相下，甘以開明派為標榜，詹以草根性為號召，形成僵局。在最後關頭，由《華盛頓郵報》的老闆，也是民主黨內大老葛蘭姆居間轉圜，獲得妥協，由甘迺迪選總統，詹森副之。這一段祕辛，事後才經新聞界透露出來。幾年前葛蘭姆夫人訪問臺北，在友人餐會上我曾向她請教。在那場「密談」中盡力斡旋的，是她的先生。

由於甘詹捐棄前嫌，聯手合作，民主黨聲勢大振，南方各州因詹森之故穩住了陣腳，成為甘迺迪最後險勝的關鍵。

正因為詹森是挾有實力，屈就副席，與一般靠總統一手提攜者不同。甘迺迪對他是「尊而不親」，甘氏的親近僚屬，特別是他的老弟總檢察長羅勃・甘迺迪，往往將詹森視為圈外人。兩派人馬暗生齟齬，已非一日。

詹森本人深沈老到，從未公開流露過任何不悅之意，但他的側近幹部與友好，可能有不平之意。甘案發生的地方，恰好在詹森的地盤，這也是謠諑紛起的原因之一。

史東的電影裡雖然沒有指明，但留下的暗示，使人覺得美國的公私機關，都有涉嫌的可能，這對人心的影響太大了。

史東所以會這樣想，跟他自己在越戰戰場上的經驗有關。他在青年時期，滿腔熱血，與「七月四日誕生」那個小夥子相同。可是，胡胡塗塗被送到越南，受了無數的挫折，政府卻對出征人沒有一句實話。他由疑生怨，由怨生恨；進一步認為政府從來沒有以誠懇的態度對待國民，刺甘案之撲朔迷離、不清不楚，使他得以藉題發揮，大作文章。

重要的不僅在於史東個人如何想法，而在於美國人——至少眼前這一代，一九六〇年代出生的人們，將如何去理解這一幕悲劇。

詹森在總統任滿後，沒有競選連任，下野後不數年病逝故鄉。綜視其在任期間，內政上推行「大社會」計畫和人權平等（也就是黑白平等），大體都與甘迺迪的政策相合；對外則守住反共的立場，不過也局限在「有限戰爭」的方針之下，不容許「骨牌」現象發生，但也儘量避免戰火的昇高擴大。越戰無法速戰速決，大部分責任是輸在華府的戰略晦暗不明。

從各項重大事件來看，詹森並沒有和甘迺迪「南轅北轍」，實在沒有「兩雄不可並立」的矛盾。至於說政治上的恩怨，人事上的摩擦，本屬「權力走廊」上司空見慣之事，政治裡打滾的人，不會為了「小不忍」就動殺機。

詹森總統和白宮，不應該被捲入疑案之中；但其他機構如何，可就眾說紛紜了。

5

甘片上演以來，票房成績名列前茅。出資製片的華納公司頗有斬獲。華納與《時代》雜誌，同屬一個控股公司。《時代》在報導上倒並沒有搶先；而且報導和評論，都並沒有放過對史東和這部影片的指摘。不同的是，在去年十二月廿三日那一期裡，在長篇報導和專欄評論之外，另有三頁問答體的史東專訪。讓他談談「故事的另一面」。

那一陣子，報紙、雜誌、電視、廣播上，幾乎都談到這部影片，有的是「影評」方式，有的就不限於影評，史東也頻頻出現。「甘迺迪」即使不是最好，或最賣錢的片子，至少它已是被討論得最熱烈的片子。

布希總統新春訪問亞洲，第一站到了澳大利亞，就有人問到他對於「甘迺迪」的觀感。布希說，他還沒有看過；不過他認為沒有理由懷疑華倫委員會調查報告的正確性，刺甘案應該就是奧斯華一個人闖的禍。

這是到目前為止「最官方」的說法了。

到了一月十三日《時代》又刊出一篇長文，署名盧森寶(Ron Rosenbaum)，此人據說曾精研各種「陰謀」理論。他認為，刺甘案裡的「陰謀論」雖然不足盡信，卻攪起了美國漆黑一團的下層社會(真相)。

盧文裡簡略介紹了好幾本著作，都是過去二三十年間與「刺甘案」有關的書。有的對準了聯邦調查局及其前任局長胡佛，有的指責中央情報局。還有好幾個人自稱，他才是刺甘案的真兇。

挖得越多，疑問也越多。當甘迺迪剛剛被刺之時，全美國乃至全世界的輿論，無不對他表示同情和惋惜。他不僅是政壇上的「金童」，而且美眷如花，勝友如雲，甘迺迪的白宮，不惟是各國政要趨訪候教的權力中心，也曾數度款待當世最傑出的作家、學者、音樂家、藝術家，把入世的政治和出世的文藝，巧妙地融合在一起。在近世的政治領袖中，甘迺迪的「亞瑟王朝」的確有他特殊的風格。

但是，身後遺事，被人不斷爬梳，甘迺迪不但與一代尤物瑪麗蓮夢露之間有些曖昧，而且與黑手黨的教父吉安甘納 (Sam Giancana) 共享同一個情婦。由於這一類的「不修細行」，便招來其他種種毛病。有一本書中說，他因為臥房中的不當遊戲，被聯調局拍了照，所以他不得不同意胡佛的要求，在黑人人權領袖金氏的臥房安裝竊聽器。又有人說，甘氏表面上是一個自由民主的鬥士，實際上也是不惜以權謀手段以達到目的的政客。對卡斯楚和中南美洲幾個國家的政要，都有過暗殺的打算。這些話真假我們無從判斷，不過，吳廷琰的例子，東方諸國的人們不大容易忘掉。

正因為眾說紛紜，莫衷一是，《時代》與CNN電視合辦了一次民意測驗：

第一個問題是：甘迺迪被刺一案，美國人民已經獲知真相了嗎？

答「是」的占百分之十六。答「否」的則多達百分之七十二。

第二個問題是：是奧斯華一個人下手行刺呢？還是有一個陰謀集團？

答相信兇手祇有奧斯華一人的，占百分之十一。答相信別有「陰謀」的占百分之七十三。

換句話說，不管布希總統怎麼說，也不管新聞界、言論界的看法如何，美國老百姓每四個人裡就有三個人，不相信華倫委員會的報告，而相信幕後另有至今仍被遮蓋起來的「陰謀集團」。

多數人的看法未必一定「合理」，但是四分之三多數的懷疑，似乎就不能說它不「合情」。我個人的懷疑論也是這種情況，自知有某些不合理之處，但在感情上擺不脫那些陰影。

「甘迺迪」的票房，大概就是由此而來的吧。它不是正確答案，但卻滿足了人們「不滿足」的某些空虛。

6

對於「甘案」及其後來種種餘波，我的「心得」不止於「究竟是誰下的手」，而在於人生的某些無可如何，某些「樂極生悲」。

我親眼看到甘迺迪的極盛時期，那真是風光無比，如日中天。人間所珍視的一切，聲名、權力、財富、愛情、友誼、兒女，無一不備。尼克森之流想盡辦法要「進入歷史」，甘迺迪則是一開始就創造了歷史。他是美國兩百年歷史上最年輕的總統，也是第一個入主白宮的天主教徒。他和賈桂琳為白宮增添了藝術風味，為世界高峰政治帶來了文學氣息。行蹤所到之處，令各國青年人傾倒瘋狂。

也許正因為他太順利了，太幸運了，那突然而起的一聲鎗響才那樣令人錯愕震驚。人，即令是超強大國的元首，生命也是那樣的脆弱。令人難忘的是，國葬禮中，戰馬拖著靈車，在嗚咽一般的號角聲中走過華府的大街。兩旁有百萬人肅立，飲泣失聲。送殯人群中包括各國元首政要，有崖岸自高的戴高樂，和瘦小乾枯的衣索匹亞國王。

當賈桂琳手牽著三歲的稚子，目擊靈柩安放在圓形大廳之後，全場聽不到任何動靜。那面國旗摺疊起來，一層層轉交到未亡人的手中。

在那一剎那間，沒有任何一個人不為這英年早逝的政治人物和他的家人感到悲哀。

歲月如矢，流光似水，世事多少滄桑。

「一朝天子一朝臣」，美國也是一樣。「亞瑟王廷上的圓桌武士們」，成了大樹倒後的猢猻。有的辭官歸故里，有的飄然走江湖。

甘迺迪的兒女，都已成人，小約翰如今在紐約司法界服務。至於那未亡人，下嫁給希臘船王歐納希斯之後，二度梅開，並且二度作了未亡人。

甘迺迪的聲光逐漸黯淡，歷史學者也很少有人再稱讚他是「偉大」的總統。在當時，他已「名過其實」。他的特色，祇在於他悲劇性的死亡。這種方式的落幕，使我更加深了自己的一種信念，或說是偏見：禍福相倚，樂極生悲。最得意的時刻，潛伏著最傷痛的危機。

「甘迺迪」這部電影的是是非非，短期間似仍難有定論。但是，正如舊金山最大的《紀事報》社論中的主張：執政當局應該公布全案的「真相」。

過去，有些資料檔案未予公開，主要有兩大理由。一是顧恤甘氏家族的情緒，現在事隔三十年，情感上的創傷料已平復。另一點更重要，是怕有些內情涉及外交機密（譬如蘇聯與古巴是否涉案的問題）。現在舊蘇聯已經解體，美俄之間的新關係，正在化敵為友，盡棄前嫌，舊檔案應該不值得過慮了。

雖然民間有這樣的意見，官方則未有積極的反應。看光景，也許再過三五十年之後，才會有解禁之望。另一種可能，則是像古今中外若干號稱「千古疑案」一樣，擺在那兒讓大家「疑」下去吧。

原刊於民國八十一年二月十八日、十九日《世界日報》

暢銷作家

近年常常聽到人們說，讀書的人越來越少了。圖書出版事業不免受到影響，以寫作為職志的人更覺得心灰意懶。「蓋文章經國之大業，不朽之盛事」，曹丕的話似乎越來越顯得可笑。西方學人所謂「沒有語言、文學和書籍，使沒有歷史，也不會有人類這個概念了」。現在想想，恐怕也大可存疑。人人都不再讀書，至少是不再很認真地讀書，知識與歷史皆成不值一顧的身外之物，「人類」這個概念即令依然存在，但祇是「與禽獸相去幾希」，可入畜生道了。

偶見報上一則新聞，報導美國娛樂界裡四十位薪酬最高的得主，無非是影、視、歌星，高居首座的黑人「脫口秀」主持人溫弗瑞女士(Oprah Winfrey)，一九九五年全年收入一億七千一百萬元，可抵得一家中小型企業的營收了。

娛樂界人士憑特殊技藝以娛眾生，多賺幾文錢，也算是很公道。但在這四十位富豪之中，有四位是暢銷小說家。小說家被歸類娛樂界，令人有啼笑皆非之感。

目前的暢銷作家，有些是「文以人傳」，因為其人有聳動聽聞之事，出版界認為有「賣點」，不管寫出來的東西是精華還是糟粕，總可以轟動一陣。像官場中有人想競選總統，或別的甚麼大官，少不得總要寫一本（通常是別人替他寫）展布經綸的書。也有的是已經當了總統或別的大官的，寫寫回憶錄不失為生財之道。這一類作品多少總還算言之有物。

又如「朝代」女主角瓊考琳絲，被一家大出版社看中，預付上百萬的訂金，請她寫小說。脫稿之後，出版社編輯不滿意，聲言「即使照妳自己的水準，這部作品也不值得出版」。於是鬧上法庭。結果瓊考琳絲勝訴。出版商祇好自嘆眼光不準，「培養計畫」失靈，暢銷書胎死腹中。

前面提及的四位暢銷小說家，倒是憑著幾分貨真價實的功夫「寫」出天下。

在四十「豪」之中，柯瑞契特排名第十，全年收入版稅五千九百萬元，我在「聯副」上介紹過他的書《揭發》，這本小說後來改編成電影，由麥克・道格拉斯和黛咪摩兒主演，中文譯名是「桃色機密」。當然他弄出「侏羅紀公園」那部電影——票房超過「亂世佳人」，才是他財源滾滾的真正原因。

第二位是史蒂芬・金，排名第十二名，全年收入五千六百萬元。他的作品以怪誕靈異為主，看來看去，我還是覺得他第一部作品寫一輛通靈的汽車，最具創意；其後各書往往給人「故弄玄虛」的印象。

第三位約翰・葛瑞辛姆，排名第廿二，全年收入四千三百萬元。最年輕也最多產，難得的是他的小說都以法律案件為主，發揚法治和公義的理念，並無暴力色情之類的東西。他的書我差不多都看過了，暢銷而仍保持著清新獨特的風格，甚為難得，他的書可以大大增益讀者對司法、對社會問題的深入了解，不僅消閒而已，值得進一步研討。

第四位湯姆・克萊齊，排名卅四，全年收入三千一百萬元。他的書有濃厚的「〇〇七」味道，節奏明快，想像力豐富。暢銷作家本來有「翻開第一頁讓你就放不下」的吸引力，克萊齊更是當行出色，奇招甚多，最擅長吊胃口。

文學創作本應有一番神聖的使命，作家應有滿腔不凡的抱負。但在讀書風氣日益淡漠的大環境之下，「暢銷」幾乎成了唯一重要的評鑑尺度。如此便衹能在如何達到暢銷這個目標上動腦筋，就很不「文學」了。

不過，文學家如果懷著遺世高蹈、惟我獨清的心情去寫作，離世人越來越遙遠，世俗文學由「暢銷」而挑戰文學的正統地位，也大有可能。對於暢銷作家，還需分別看待，不必一概貶薄，也不必一律「捧起」。

原刊於民國八十五年十一月十六日《聯合報》

第二輯

人與文

師生

1

照某些文學評論家的說法，二十世紀下半個世紀的人們，亦即所謂現代人心態之一，是所謂「倦怠感」。倦怠感之極，就是覺得樣樣事情都很無聊，人間種種，都沒有甚麼意義可言。因而有「擺脫」的念頭，擺脫跟灑脫雖不一樣，但頗相關。

近時喜歡的消遣之一，是清理自家書齋，從別處借來的書要一一還清；有些書物知道有朋友喜歡，便分別送去。也有些是應當由圖書館典藏的，也要一一清出個頭緒來。比較麻煩的是自己的舊稿，還有就是一些信函。住定了四十年，各方往來信件為數太多，雖然很想保存（也應當保存），但事實上做不到。

有一個專櫃，是以前教書時的有關教材、講義大綱和參考文獻等等。還有學生們的作業成績紀錄。過去斷斷續續教過五個學校，前後十多年間，學生人數不少。最早期的學生，現在進入中年，在國內外都有了相當成就，偶爾在報紙上看到他們的姓名，或聽到別人談論他們的工作，讚許他們的人品學識，自己都會感到興奮和安慰。但學生人數畢竟太多，時日既久，大部份都衹賸下一個名字，連面孔甚麼樣子也不大記得起來了。

2

我在臺大教書，其中有幾年是專任，照校方的規定，上課之外，要擔任導師。導師雖然不一定要像牛津、劍橋那樣用煙斗裡飄出來的煙氳，把學生薰得很有學問，但總是要在正課之外多下一番陶冶功夫。聽取他們的意見，解答他們的問題。在校時保持比較親切的師生感情，離校若干年後，也仍有一種朋友般的情份。

各大學的文學院科系，好像都是女生多於男生，臺大也不例外。我教的班上，曾經有一年，全班五十多人衹有一個男同學，他便無形中成了「班寶」，所有的同學都對他好，讓他享受某些「特權」，正像四十年前我們唸大學時十分「禮遇」女同學一樣。女同學怕那「班寶」轉系，她們都很不願意出現「女兒國」的情況。

女生好像女兒，一般說來比較聽話、用功，也比較聰敏；當然也有個性很強，或者玩心很重的，但總是比男生懂事一些。

男同學一旦畢了業，先要軍訓，然後就是找工作、上班，也有的出國，就此有如黃鶴遠去，杳無消息。過了幾年，拿了學位，娶妻生子，忽然有信來了，報告各種成果，讓作老師的人大為欣慰。

女孩子們大約都是剛剛離開學校那兩年，寫信寫得勤些。新年、耶誕、教師節，乃至於老師過生日，有的都不忘寫信或者寄卡片來。每當收到這類函件時，雖然寥寥數語，也令人感到情意無限，引為平生一樂。

出國深造的學生為數不少，行前往往需要老師寫推薦信。我照例請他們給我一份四年學業成績單，看看「工力」和修持。日子久了，這些成績單也堆了一抽屜。

我這人平日比較散漫，手邊書刊文稿和朋友們往來函件又多，所以學生們的信難以好好保存，看過了隨手一夾。過些時再看看，也蠻有趣味的。

最近清理書齋，發現了一束舊信，為甚麼這些信會留下來，我也不太記得了。也許是擺下來想寫封詳細的回信，也許是因為信的內容特別有趣吧。

3

K是個很灑脫、很爽朗、有點兒像男生性格的女孩，功課很好，很有見地。儘管已是大學生了，仍然一片童心。有一年，春節之後，她寫信來說：「昨天，我帶了弟弟來向老師和師母拜年，還帶來幾個蘋果，不巧你們都不在家，我就坐在臺階上等，等得無聊，就和弟弟吃蘋果，吃完了看看天已晚了，就祇好回家了。」

當時蘋果在臺北還是很稀罕的東西。她是用擔任家庭教師賺的錢買來給老師嚐鮮，我覺得十分感動，想像那姊弟二人坐在臺階上啃蘋果的樣子，更覺得很有趣。內子笑說：「想不到你的高足都跟你有相同的風格——好吃。」

過了一兩年，有天忽接到K從美國來的信，很「典型」的、反映著留學生心理和處境的信。

K的第一封信，是到了洛杉磯三週，學校還未上課。「第一個禮拜忙於找房子，第二個禮拜和幾個同學到大峽谷去。第三個禮拜見識到美式舞會的快與鬧。」

她初步印象是，「人民非常遵守公共道德，一切制度都盡量設想周到，且很邏輯，地大物博，有時卻嫌太浪費了。」

最喜歡洛城的天氣，豔陽高照，涼爽如秋。「最受不了的是被人誤認為日本人。」

「我目前和一位臺大學姐住在一起，她人很好，給了我不少照顧。人說出外靠朋友，誠然不錯。我在美孑然一身，沒親沒故，一切都只有求助於朋友。在此深切感到世界之大與世界之小。凡是從臺灣來的，多多少少都會牽扯到一些關係。美國雖大，中國留學生的圈子卻小，往往一件小事，一下子大家都知道了。」

她寫到剛到時遇到的一件趣事。她和一位輔大畢業的女孩找房子，拿著地圖東張西望，有個美國人主動來指點。談起來知道她們從臺灣來，又問「臺大？」K就點點頭，「妙的在後頭，他居然豎起大拇指用中文說：『用功！』」可見臺大學生們力學苦讀的情形，已經名揚海外。

第二年，K來信談談讀書的情況。

「老師：您好嗎？好久沒提筆向您問好了，您想知道寫這封信的前因嗎？

「今天我在學校的大學圖書館讀Book Selection and Acquisition，邊念邊想起您以前教我這門課的情形來。那時的我，真是好玩，荒唐得很。只記得好像從來沒有好好念過，或做過您指定的功課。到了期末和同學採「人際互助」計畫，每人分念幾章，然後應付了事。說起這種小技真教我臉紅。大學時代的不用功，有時也曾後悔過。大好時光，大塊大塊奢侈地揮霍。不過，正因為大學時玩得痛快，玩得瘋狂，現在對玩也幾乎死了心。在此能夠心如止水地修道，不能不歸一點功到那四年的浪費。

「學校逼人逼得很緊，前兩個學季一共只修了四門課。這個學季開始修三門課，在此受教育，不僅是想拿他們的學位，更想了解他們整個教育系統的根源。在圖書館學系裡，看到許多同學治學的精神、老師教學的精神，都教我佩服，也值得我學習。我很想念完之後就回系上教書，可是不知道一個碩士夠不夠格？（下略）」

「我在這兒認識了一個美國朋友，他對我很好，也是圖書館研究所的學生，今年春季班就畢業了，他學了五年半中文，曾到過歐洲、東南亞二十二個國家。我不知道現在問老師這個問題會不會不恰當或言之過早，不過我確實很想知道老師對於中美聯姻的意見。

不多寫了，祝老師『百事可樂』，一切『萬達』。」

4

學生跟老師請教到有關人生中的大事，為師者自不能不給予一些指導和鼓勵。說到中美聯姻，我認為要看當事雙方的感情和相處之道，成敗未可一概而論。

到了那年十月間，又接到K的信，她已結了婚，還是那樣灑脫。

「老師，似乎好久沒給您寫信了，您好嗎？

「我很好，結了婚（小事一樁，沒事先讓您知道，請您原諒。是上個月二號，在大學天主教中心舉行的，『簡單隆重』。爸媽都來參加，是我最興奮的事。）度完了『蜜禮拜』，就乖乖回來當「煮」婦學生了。

「熱茶（Richard，我的先生，學了幾年中文，這名字是他自己翻的，由此可知他的中文程度有多『好』），很幫我。除了做飯外，洗衣、倒垃圾、鋪床全來，但每日必做的『課業』是洗碗。我也成了名副其實的家庭『煮』婦。雖然如此，仍感到時間不夠用。不像以前小姐時代，時間是『整塊』的，現在則是片段的，得打游擊似地抓住它，否則一下子一晚上就過去了。

「他在國立資訊中心當編輯，頭銜雖好聽，薪水並不高，一個月千把塊，扣稅扣得只剩七百，交二百多的房租，加上平時的食費、油錢，我一個學季一千多的學費，也就所剩無幾。所幸兩人倒也會互相體貼，日子還是蠻好過的。

「最近為了寫一篇關於臺灣盜印西書的論文，在東方圖書館內大翻《書評書目》與《出版家》，無意之間看到不少訪問老師的文章，知道老師也是一月出生的，且和我的生日只差五天，不禁起了很微妙的『認同感』。

「談起我這篇論文，真使我傷腦筋。我現在寫的，是為一門叫「出版和圖書貿易史」的課寫學季論文，但我有意將之擴大為專題論文，只是資料收集頗費心，而且對於咱們知識的 retrieval 系統之不全，也頗有微言。我知道這都是我們學圖書館的人的責任。請老師給一點有關咱們盜印人家的東西這樁事上的意見。」

這兩封信都是一九七九年寫來的。K想必早已讀完了學位，也可能已經為人母了吧。她的信裡寫的，是許多留學生初到國外共有的感受。她的樂觀進取的性格，應使她可以應付裕如。

5

W是另一型的學生，非常用功，非常細心，無論交作業或寫信，每個字都是工工整整，上課時靜靜地坐在那兒，絕少談笑，也不發問。

我有門課是在三年級開的，有四年級同學來選。也有很少幾位二年級同學「越級挑戰」。W就是其中之一。

我教的課，有的是需要「強記」「熟讀」的；但大多則還是以「各抒己見」為主，相當自由放任。照一般習慣，對大四畢業班學生，上課要盯得嚴一點兒，因為他們往往「外務」較多，但打起分數來則多少有些「另眼看待」，總不好因為一門課使他們拿不到文憑。至於二三年級，那就毫無寬假了。

那一班五六十位同學，學期考試與平時作業的成績，最好的學生五六位，各年級都有；W是二年級裡惟一名列「最優」的。她不僅聰明，底子紮實，而且很明白怎樣讀書，不光是死摳課本。

我不擔任導師那幾年，偶或約同班上的同學到家中聚餐。家裡地方小，祇好分批而邀，內子作些家常菜，一面自助，一面聊天，倒也輕鬆。這種場合，W總會留下來幫忙清理現場，收拾餐具，搬桌椅等等。內子覺得她非常有禮貌，又懂事。她說：「我們的兒子們從來不懂這一套，要是有一個像W這樣的女兒就好了。」聽別的同學講，W在家裡就是個幹練的孝女。

她畢業那年寫信給我說，「千言萬語，也無從表達內心感謝之情。」

她說，「還記得最初認識老師的時候，是在國中二年級，從《聯合報》的「三三草」認識的。那時零用錢較多，想「學」著自己買書。偶爾看到了「三三草」，便覺愛不釋手。當時也不知道這就是書評。只是想，既然有人推薦介紹，而且報紙又登了出來，一定是好書，就衹敢依著「三三草」買書看，心中很是佩服您的學識。買了書，有的看得懂，有的卻不懂。又想，反正放著，或許長大些就懂了。

「大學聯考，幸運地考上臺大圖書館系，得知您在臺大任教。便想，一定要選您的課。大二時，可以自由選課，不管您開的是大三的課，便戰戰兢兢地選了。上課時，聽您談古論今，對事理深入的剖析，一方面佩服，一方面也以此鞭策自己，希望找出自己追尋學問的方向。

「老師您說：『平心而論，眼前畢業的大學生，不該不如我們那個時候。』您說得對，我們擁有太豐富的條件，物質上、精神上，我們都比三十年前多了太多。您這句話，給我很大的震撼，我深深反省自己，希望更能堅定自己的信心。

「您又說：『外面的世界正等待著你們。你們未來的生命將是甚麼樣子，將可照你們自己的要求而創造出來。』帶著您的祝福與鼓勵，我將以此自勉。」

學生們畢業後，男生要去軍訓，女生則忙著找工作。對臺大同學而言，就業問題不大，然後是出國深造和結婚。學生們太多，喜酒不見得能一一參加。W的婚禮我和內子都去了，好像是在臺視公司附近一家飯店。那天下著好大的雨。我們因為同一個時間還有另外一個約會，觀禮之後，向新人面致祝福之意，就先辭出。內子說，我們當時的感覺，「好像是嫁了一個女兒。」

W畢業後留在臺大，作得很好。她屬於謹慎負責的一型，不聲不響，胸有成竹，甚麼工作都會作得很出色。後來聽說她出國了。不管她在甚麼地方，這個年輕人都讓作老師的安然放心。

6

在爽朗豪邁的K和柔順溫和的W之間，有C這樣的一個學生，我覺得她不僅書唸得很好，而且具有一種領袖的氣質，一連好幾年，她都是他們班上的「班代」。

學期結束，她在信上說：

「敬愛的老師：很想對您說一聲，謝謝您這半年來的書評課，它一直使我有著不少的喜悅感。我是個不善言辭的人，但卻十分誠意地謝謝您。……」

兩年之後的教師節，另一封短柬上說：

「您在臺大開的課我都修過了。我覺得頗可惜的這學年沒有您的課了。懷念您上課的日子，也一直關切您的工作及寫作出版的消息。祝您身體健康，萬事如意。」

後來又兩行附筆：「當班代習慣了，今年沒當，但仍非常願意替同學們轉達對您的敬愛。」後面就是畢業典禮，謝師宴了。C那一班好像出國的特別多。C寫信來說，她申請了六個大學，都有回音，她選定了在俄亥俄州的西方儲備大學。她問我意見。我知道那所學校是全美「四所最好的小大學」之一，小是指人數，學術水準是很高的。

信末，她說：「我大約在八月初赴美，日後我一定會常寫信給您。這份師生之情將永遠珍惜。」

去美之後，C的學業和工作等都很順利。我陸續接到幾封信。當時有個感覺是，這群女生裡若要讀博士學位，C就「最像」；她應該是學成歸國，上講壇當老師或者作行政主管的材料。口才好，熱心，唸書不拘一格。

7

最後記下來的這個學生，跟前面三位稍有不同。J在校讀書時都很順，快要出國時曾經有一些周折。

她自己並沒有告訴我，而是查良釗老師提起來的。

查老師是我在北平讀藝文小學時的校長。老校長一生都在辦教育，桃李遍天下。抗戰時期他在西南聯大任訓導長。來臺灣之後，梅貽琦先生主持教育部時，曾情商查老師擔任臺大的訓導長。大家都明白，大學裡的訓導長，不是容易贏得好感的職務。但是，查老師一向憑著愛心教導青年，大家都稱他老人家是「查菩薩」。

J的父親是查老師的學生。聽說J的出國手續有阻難，查老師很關心，也找到我這老學生來一齊設法。

辦這類事情，我一點兒經驗也沒有。查老師提醒我，可以試試寫信給某先生。於是我就斟酌至再，寫了一封半公半私的信。我說明：J是我教過的學生，而且由我擔任導師，所以深知該生學業優秀、性行純良，洵為不可多得之青年人才。她要出國深造，是我寫的推薦信。現在已得到美國某某大學的許可。

然後說到她遭遇的困難。我說我本不應拿瑣事來煩人，「惟念　鈞座主持軍中教育有年，對青年學子夙極愛護。」而我為人師表，責無旁貸。我確信她出國之後，必能「潔身自好——勉力向學。」而我也會「本傳道解惑之義，隨時予以教誨。」

過了好一陣沒有下文。再過幾個月，接到J的來信，她已經到了德州大學。她說，剛到時，有臺大同學會的朋友來接，先安排在女青年會，後來找到宿舍，安頓好之後，第一件是參觀校園裡剛剛落成的總圖書館。這學校經費很充足，圖書館的規模很大。校區裡有十三個分館，四個特藏館。老師本來建議她專攻「特種圖書館」，她自己卻選擇了「資訊科學」的路。

她第一學期就選了三門資訊科學方面的課，另外有「資料組織」等，「事實上就是分類、編目與參考資料」。她說，同學中像她這樣大學本科就唸圖書館學的人很少，可是他們都有實際工作經驗，競爭的壓力很大。J說：「上課聽講不成問題，但是抄筆記全神貫注，才能抄個七分。」這也正是一般中國同學共有的困難。

J在學的成績很好，已經得了學位，成家立業。

查老師已經作古多年，還有我寫信去求助的某先生，數年前也已下世。人世滄桑，有如此者。回想老校長在世時，為老學生乃至學生的兒女奔走，令我感動無已。由此也更能體會到教育家應有的襟懷。在我來說，除了高山仰止一般的崇敬之外，也可說「雖不能至，心嚮往之」吧。

教育生涯十多年間，學生大約也有數百人吧。同堂論道，都是一種緣法。早期學生中好多位都已有令人刮目相看的成就，大多都已成為社會上的中堅幹部，眼看著就會成為新時代的骨幹。偶或聽到外界對他們的稱許，真比自己身受其榮更為高興。

有句老話說：「不養兒不知父母恩」。同樣的道理，自己作了老師，才更懂得從前師長們對自己的呵護、教誨與期待，是如何的殷切。人生一代復一代，就是這樣傳延下去吧。

原刊於民國八十年七月五日、六日《中華日報》

惕老，我們懷念你

中華民國新聞史，近幾十年來經歷了變化最大的轉型期，從手工業到電腦，從反共抗俄到多元化，好像從弓矢刀劍進步到按鈕戰爭一樣；若非親身經歷，簡直無法想像，王惕吾先生畢生奮鬥，貫串著這個偉大而動盪的時代。他秉持著自己樹立的「正派辦報」的理想，幾乎是赤手空拳創建了聯合報系，不僅是當世規模最大的中文報業集團，在中文報業史上也是前所未有之盛業。

惕老的成功，由於他對國家的忠誠，對理想的堅持，以及他的明決、坦率、謙虛、厚道。惕老屬於來臺後的第一代報人，我總對之以師輩之禮。可是他從未有崖岸自高的大人物神色，偶爾遇到某些事情，他還會說：「我倒要聽聽你們年輕人的意見。」早年他留著平頭，特別顯得精力瀰漫，永遠不知勞累。他也喜歡跟後進們講講《聯合報》創業初期、披荊斬棘的經歷。當初人手缺乏、財力維艱，而市場狹小，報業的前景暗淡；惕老說他常自己騎了腳踏車，到街頭去探訪一般讀者的意見，從廣大讀者群中得到公正的獎評和鼓勵。

聯合報系的領導幹部群中，劉昌平先生追隨惕老最久。昌平受命出任總編輯時，不到三十歲，是臺灣各報最年輕的總編輯。因為職繁任重，一度染病，情況相當麻煩，可是他本於感激知遇的責任心，照樣上大夜班，腳旁放著洗臉盆，準備嘔吐。

惕老知道後，把尚為單身的昌平接到家中休養，王夫人親自下廚，烹藥熬粥，直到他完全康復為止。彼時必成、必立、效蘭諸兄妹年紀都小，家中長期供養病人，雖骨肉兄弟亦所難能。昌平從少壯以至白頭，心血精力完全奉獻給《聯合報》。據我所知，多年來曾有若干人士禮聘昌平，借重長才、重金高位，昌平皆一一婉謝。他說：「惕老一心辦報，我祇能拚命向前。」回想當年那樣艱苦的環境，他們兩位的風義與情誼，真足以風世。惕老之推己及人，昌平之義無反顧，都可見友道之厚重。儘管聯合報系已成了報業王國，華夏連雲，財勢敵國，但我覺得更值得尊敬的，毋寧是這種死生不渝的道義感情。

聯合報系在國內外的員工已超過四千人。而當年那種患難相扶、親若骨肉的情誼，依稀仍在。不過，現在靠的是健全的組織和制度。我在世界各地旅遊，不時會碰到在《聯合報》服務過的老人，有些位已在其他方面另有成就，但提到惕老時，大家眾口一辭，「我們王老闆，待人寬厚，那真沒話講。」不論隔了多少年，相離多遙遠，每個人對他總是十分懷念，記念著他的好處。惕老有知人善用之明，他那份親和力更是旁人學不來的。

惕老生平經歷，已有王麗美女士《報人王惕吾》那本生動的傳記。我願就我親身經歷的一段小事，以見惕老踐履篤實的精神。

多年之前，有位臺灣省府主席出面，邀請各報負責人參觀省政建設。由於主人殷勤致意，再三促駕，惕老和許多位前輩都參加了。我當時是《新生報》的副社長兼總編輯，也奉邀同行。

途中有一站是嘉義，在旅舍中安息，第二天一大早，大家準備進早餐後繼續登程，看到惕老悠悠然從外面走進來，大家請他入座，他說：「我已經吃過了，這兒的燒餅油條不壞。」我心裡想，惕老真好興致，從臺北遠道而來，起個大早去吃燒餅油條。

過了一會兒，他忽然問我，「彭歌，你們在嘉義有多少報？」

報紙的銷數，猶如女士們的年齡，有「不可說」的禁忌。在眾家同業先進之前，說少了不甚體面，說多了則跡近吹牛，如果說不上來，那又顯得編輯部出身的人不關心業務；我稍想了想，惟有據實作答。

惕老笑笑說：「好，好。」

原來他破曉之時就已出門，一個人徒步走到火車站（那年頭還沒有計程車），去看各報發報的實況。當年沒有傳真和高速印刷機，臺北各報印好了報紙，一部分空運，大部分都由鐵路運交幾個大站，再轉往全省各地，那是一套十分繁複細密的作業，縱貫線上的嘉義，正是重要的轉運站之一。

火車每天準時開車，分秒不差，所以，編輯部要拚命爭取按照截稿時間付印，又要顧到容納最後的新聞，工廠裡更是把「開印」和印完的時限視同天條。「趕火車」是新聞記者的噩夢。趕不上火車，一切努力等於白費，那是最痛苦的事。

惕老就是到火車站去實地觀察報紙運到的時間和分發的過程，順便也就注意到臺北各大報的份數。由於報紙篇幅少，一份衹有兩大張，不像今天十幾張；各家的銷路也遠不及今日，所以在行家眼中一目了然。我回答的數字大致符合實際，惕老連聲稱好，可能是覺得我這個青年人沒有信口開河，愛虛面子。

這件事給我的印象一直非常深刻。一則是佩服惕老全力以赴、劍及履及的精神，即使在旅遊途中，他一刻也沒放鬆對報紙的關心。一則是從此加強了「實事求是」的辦事方法。報紙發行十分繁瑣，過程中會有種種意想不到的情況，新聞學教科書裡不會有，帳簿報表裡也絕對看不出來。辦報的人必須面對實況，才能深入體會。

惕老的作法可謂以身言教，讓我感受到的是，真正辦報的人無所謂「假期」，別人可以喘口氣的時候，也許正是你該加把勁格外努力的時候。一個人的成功，一個事業的興旺，皆非偶然。

我在「聯副」寫「三三草」，不覺已二十餘年。退休後來美靜居，承惕老鼓勵，要我就近為《世界日報》效筆墨之勞，三月十一日，突接臺北友人電告惕老逝世的噩耗，我在悲痛中草成悼念文章：〈以正派辦報報國淑世的文化巨人〉。這文化巨人四個字，惕老當之無愧。

近年回臺時去看望惕老，覺得他的笑容比以前少了。對國是與政局，他都有高瞻遠矚的看法，也有如蘇東坡所說的「一肚子不合時宜」。但在必要場合，他必本著生平之所信所守，言人之所不言，充分表現了不苟流俗、堂堂正正的大丈夫氣概。我覺得晚年的惕老以及聯合報系的丰采，真的作到了「疾風知勁草，板蕩識忠良」的境界。惕老懷著熱切的期待，寄望兩岸關係逐步改善；中共卻一再舉行軍事演習，臺海呈現一片劍拔弩張之勢。在這樣危疑震撼之時，國喪老成，士失先導，新聞界失去了一位精神領袖，實在是令人萬分傷痛的大損失。惕老，我們都懷念您。

原刊於民國八十五年三月卅一日《聯合報》

血性男兒

生死大限，是人間最無可如何的事。老友袁良兄因胃癌不治，於一九九五年十月二十七日晚間在紐約寓所中逝世，我在旅途接獲噩耗，趕不及靈前拜祭。數十年相交莫逆，患難相扶，在他臨終前與病魔搏鬥之時，我已無法給予他任何有效的幫助，感到萬分的悲慟。

我們初識於抗戰勝利的一九四五年，在重慶南岸的小溫泉，我們是政治大學新聞系十五期的新生。由於我和他同是來自北方的流亡學生，歷盡艱辛到了後方，又萬分僥倖得到機會進入一所頗富盛名的學府，所以特別感到親切。

初識一九四五

相聚小溫泉　袁良是班長

袁良是山東沂水人，沂蒙山區民性向稱強悍，小說中的水滸梁山據說就以那個地區為背景。袁良中等身材，走路是外八字，兩手握拳卻豎起大拇指，昂首闊步，頗有「旁若無人」的氣概；說話粗聲大氣，給人的第一印象是「什麼都不在乎」，最愛說的話是「那不行」。

可是，相處久了，就發現他並不祇是那樣粗豪，也有其細緻的一面。在同班六十多位同學裡，他是第一個把每一個同學的姓名略歷都記得清楚的人。他和每個人都相熟，熱心助人。我們入學後不久推選班長，袁良幾乎全票當選。此後四年裡，雖然也有別的同學當選過，但大家提起「班長」來，說的都是袁良。

同學之間，無論是課業上的切磋，生活上的互助，都有很密切的關係。在政大時全體同學都住校，教室、圖書館、操場、宿舍、食堂、從清晨的升旗禮，到晚上的熄燈號，生活作息都在一起。班長為大家服務之處甚多，他的事，做了未必有人知道，但若不做就會使大家都感覺不便。

在重慶唸完一年級，學校復員回到南京，我還清清楚楚記得，來到紅紙廊宿舍之後，當晚結伴去內橋吃牛肉鍋貼。袁良和謝文祥各吃五十多個，我也吃了近四十個，回想起來，真是年輕力壯，食量驚人。飯後逛街，一人買了一條流行的「原子褲帶」，其實就是塑膠腰帶，第一年美軍剛剛用原子彈轟炸廣島、長崎，震撼全球；京滬一帶商人都喜歡用原子為名。

同進《新生報》

工作能力強　講話不拐彎

大學四年，功課逼得很緊，袁良的課業常在中上之間，他中英文根底很好，祇是發音有點兒與眾不同。後來在紐約，他抽暇教外國人唸中文，他自己告訴我，有個美國青年說：「老師，這個白菜應該唸『白』菜，不是貝菜。」袁良聞之大樂，說：「你學得好，可以畢業了。」

我們大學畢業那年不幸趕上大陸變局，分別到了臺灣，殊途同歸，都以謝然之老師為投奔的對象。謝先生曾教我們採訪、編輯等專業課程。謝師受命主持《臺灣新生報》，我班來臺的同學大部分都進了《新生報》編輯部，從基層做起，漸漸成為中堅幹部。

袁良工作能力強，很富責任感，編輯部的先進們，自總編輯王德馨先生以次，對他都很器重。不過他個性耿直，講話不轉彎，也有人背後批評他，社長的「門生」橫衝直撞。其實這是欲加之罪，何患無辭，袁良絕不是仗勢欺人的人。

謝老師後來為中央徵召主持第四組（即後來的文工會），再升副秘書長；繼任的社長某先生不是新聞界出身，雖然也一心求好，做法上卻不無可議。記得我自美讀書後返國時接任總編輯，同業前輩沈宗琳先生對我說，臺北有一家觀光飯店開張，某報社記者奉社長之命去拉廣告，廣告沒到手，便在報紙上百般挑剔，把那家飯店描寫得一無是處。「連正牌大報都有這樣的事情，想想看新聞界的風氣怎能不壞？」沈公再三叮嚀，「你現在主掌編輯部，可要挺得住才行。」原來他所說的大報，就是他以前參加工作過，而我正要去「共赴艱鉅」的報社。

對事不對人

於公敢直言　於私講義氣

袁良對此種情況，知之甚深，心中積鬱已久，後來終於爆發。他在一家雜誌上發表長文，對於新社長「泛政治化」和「業務掛帥」的偏失猛加撻伐，當然其中有些話涉及報社的主持人。袁良文筆相當辛辣，講的卻是具體事實，那篇文章轟動一時，新聞圈子裡這樣痛批逆鱗的事很少見。

袁良刻苦自勵，決定赴美發展。幾年之後奠定基礎。某先生因公過紐約，擔心袁良會再發砲，弄得難堪，曾託人先為致意。袁良說：「我以前寫的那篇文章，對事不對人。某先生到紐約來，他是遠客，我總要善盡地主之誼。」他果然在華埠大擺宴席，款待嘉賓，往昔一場恩怨，頓時煙消雲散，事後他寫信告訴我，引為一快。

記得我一九六〇年九月間初次離臺赴美時，袁良到機場送行。後來他來信說：「送兄登程後，從機場趕赴殯儀館，辦理曹鋆兄之喪禮。當天晚上方大川結婚，又要我作總提調。一天之間，生離死別，婚喪喜慶，各種滋味可說都嚐遍了。」後來同班同學馮小民、許家瑛先後在美去世，也都由袁良料理後事。

袁良去美之後，雖魚雁常通，畢竟書難盡意，彼此在生活和工作上的情況不免疏隔。當年僑報人財兩缺，艱苦萬狀，往往一個人要兼負採訪編輯校對之責，甚至還要辦理廣告，「一腳踢」到底。袁良兄在這樣環境裡，毫不氣餒，照樣是認真賣力，一絲不苟，暇時努力自修，還不忘教外國人唸「貝菜」。

天生領導人

具號召能力　以跑腿為樂

有年暑假過紐約，順道拜訪潘公展先生。潘先生早年就是寫政論的名手，戰時曾任中央宣傳部副部長，勝利後是上海參議會的議長。到了紐約辦報，真似虎落平陽，龍困沙灘。二層樓的辦公室堆滿了舊報紙，樓梯搖搖欲墜，潘先生滿頭白髮，事事躬親，只憑著一腔忠愛國家的熱心，履行書生報國的責任，那情景真是令人感動。袁良當時的工作，與潘先生差不多吧。

江德成兄在《世界日報》寫〈悼美東同業袁良〉一文（十一月四日），稱訴他的貢獻說：「他具有無可比擬的組織與號召力。在一群散漫的人士當中，他像水泥一樣把砂粒和碎石凝固起來，他永遠以跑腿為樂，只盡勞力，不求回報，最後還是實至名歸，為同鄉會推為理事長，為同學會推為會長。可惜他不是廣東人，如果是，當早已膺選華埠領導團體中華公所的主席。」這段話生動而寫實，認識袁良的人都覺得毫無揄揚過分之處。

袁良在臺時，就有熱心友好為他介紹女朋友，多次都沒有結果。可是小姐們的母親，卻喜歡他的坦白亢直，認為他可靠而有出息。我們開他玩笑說，他有「丈母娘緣分」。他又和孩子們玩得極好，常常帶著各家小朋友去看電影、逛動物園，夏天去游水，冬天吃火鍋。所以孩子們都喜歡袁叔叔。

有位同班好友和太太離婚，袁良認為男方「沒有甚麼道理」，從此不相往來。但那同學的兒女都被他視為義子義女，到美國後還常常關照他們。

幸福的家庭

女兒皆成材　座上客常滿

在紐約打開一片天下之後，袁良和李明珍女士結婚，從此開始了幸福安定的生活。明珍和他一樣開朗好客，他們在孔子大廈的家中，座上常滿，經年洋溢著笑聲。他們的兩個女兒，紐紐已經進了大學，功課很好；約約也很聰明，比較調皮。

近年來我曾數次經過紐約。有幾次是開會，日程緊湊，袁良必設法抽空接我出來吃蔥烤鯽魚、菜心煨麵。退休之後，我和史棻到東部遊覽，就住在他家中。他和明珍從早到晚陪我們四處遊逛，這是多年來難得的聚晤。他也同意我及早退休的想法。

在兩岸恢復往來之後，他曾回到山東家鄉，看到某些變化。他說：「兩邊不該再打仗了。臺灣走得快一點，但不可存驕氣。搞不好會被共產黨比下去。」

袁良對母校和師友們都有深切的感情，全班同學回到南京重聚，就是靠他的大力倡導和推動，終於一九九四年五月實現。

當年六七十個年輕人，在半個世紀的天翻地覆之後，居然又聯絡到三十來位，最後有二十多位從世界各地不遠萬里而來。重逢時那一剎那間「乍驚翻疑夢」的驚喜之感，真是無法形容。不幸的是，事前多方聯繫籌劃，出力出錢的袁良兄，在動手術後遵醫囑不可遠行，無法重覩紅紙廊校園的風貌，我們每個人都覺得遺憾，大家聯名寫信，送照片和一套各人講一段話的錄音帶送給他為念；並相約下次聚會時他一定要參加，這個期盼如今是永遠也不可能實現了。

最後一次對談

電話慰病情　天人竟永隔

十月十四日晚間，我接到王理璜從紐約打來的電話，告訴我袁良的病情嚴重，「連我都認不出了。」我在三周前和他通話時，講話都還清楚。老友李子堅、賀照禮等先後去看他，他還堅持整肅衣冠，陪他們去坐咖啡館，送他們上車，怎麼一下子就這樣重了?

我的電話接通後，紐紐說爸爸很不舒服，我就說不必叫他，略談數語便掛斷。過了半個多小時，電話再打過來，一聽是他的聲音，斷斷續續說，「這回恐怕不行了。」我勸他寬心靜養，不要胡思亂想。我說我們馬上要去臺北，很快就回來，「兩周之後我們來紐約看你。」

他含糊答應著。想不到這就是最後一次對談，再也沒法看到他了。

十月二十八日早上，在臺北，曉蓓告訴我，「我乾爹去世了。」雖然這已不算意外，我仍然覺得轟的一聲，頭上的太陽都暗淡下來。想到他臥病經年，吃的苦不少，浩然大歸，未始不是一種解脫，跟明珍通話，也祇好這樣勸慰她。

一位老友建議，將袁良的骨灰歸葬大陸，立一座紀念碑，上寫「國立政治大學新聞系一九四五年十五期全體同學公葬我班長　袁良先生于此。」並註明這是「全仿中山陵筆意」；事情雖不能這樣辦，但袁良在朋友們心中的分量與情誼，可見一斑。

袁良一生雖然沒有甚麼了不起的事功，令人可欽可佩的是，他是一個重義如山的血性男子，永遠以助人為樂的好朋友。

原刊於民國八十四年十二月《新聞鏡周刊》三六九期

前輩風儀

總統府資政黃少谷先生，十月十六日凌晨病逝臺北，享壽九十七歲。在張岳軍先生之後，黃少老在世人心目中最符合「國之大老」的典型。志慮忠純，識略宏遠，絕少看到他激昂慷慨，疾言厲色，而是自自然然有一股尊嚴感。「望之儼然，即之也溫」，嚴肅之中特具親和力，年輕後輩多樂於和他談談心，這與他早年從事過新聞工作可能有關。

據少老自述，成舍我先生（世界新聞學院創辦人）民國十四年在北平創辦《世界日報》，少老是經考試錄取的四位編輯之一。遠在我們這一輩沒有出生之前，少老就在編輯檯上「筆走風雷」了。多年前曾聽成舍老講過一些他們年輕時的故事，在軍閥橫行、民如草芥的背景下，還要伸張民族正氣和新聞自由，實在太難了。成舍老稱許二十歲出頭的少老是膽大心細的第一把好手，後來升任總編輯。

有「基督將軍」之稱的馮玉祥，在北方要闖一個局面，延攬一些具有革命思想的青年，少老以二十六歲的英年，便受任馮總部的秘書長。中共的鄧小平，一度也在馮的幕中，少老為期深造，後來辭職赴英讀書。回國後膺任監察委員。

抗戰軍興，國共合作，在國民政府軍事委員會之下的政治部，部長陳誠，副部長周恩來，主管文宣工作的第三廳廳長是郭沫若，可說是一個魚龍混雜的局面。少老輔佐陳辭公，那一段時期的「內憂外患」，想必十分不易處理。我很想多瞭解一些當年的內情，但少老對此絕口不提。

少老後來受命主持《掃蕩報》，勝利後易名為《和平日報》，在大陸各地有好幾個分社，是僅次於《中央日報》的報團。由於《掃蕩報》代表軍方，在「軍事第一，勝利第一」的抗戰時期，新聞言論皆極出色。對副刊和專欄都很重視，小說家徐訏的傑作《風瀟瀟》，就在該報連載。清晨渡江輪船上幾乎人手一紙，蔚為奇觀。

我自美就學後回到臺灣，接任《新生報》總編輯，一次聽到少老說，「辦報不容易，辦第二家公家的報尤難。」在民國五十年代初期的臺灣，《新生報》與《中央日報》分庭抗禮；但在許多場合總是居於第二位。少老的感嘆，是最真切的經驗之談。近年來社會情況急劇變化，公營報紙難於振作，也不必談什麼第一第二了。

陳故副總統逝世時，臺灣民眾感懷他推行耕者有其田以至修建石門水庫等重大貢獻，野哭路祭，流露真情。各方決定編印紀念集以誌哀思，我因在《新生報》服務關係參與其事。文集內蒐羅了不少珍貴的文章和圖片，惟有「遺墨」一項找不到適當的材料。陳辭公對外題字匾額等大多由河北名書法家王壯為先生代筆，主持人認為紀念集中總以有真蹟為好。經多方探詢，知道黃少老華誕之日，辭公寫有七律一首祝壽。詩或由幕府中人起草，而情意至為摯切，可見二公相知之切與相交之深。我為此晉見少老，陳明所以，少老起初一再遜辭。少老當時住在天母一座日式房屋中，非常不好找；我說，「您真是入山唯恐不深。」經再三懇求，少老允許我將原件攜回拍照製版；他聽說這大概是紀念集裡僅有的辭公手蹟，乃一再提示把條屏的上款遮去。他表示辭公對他推許過當，作為朋友間祝賀之詞尚無不可，若由自己主動公諸於眾就未免跡近招搖，將為賢者所不齒。這件小事給我的印象十分深刻。前輩風儀，謙抑自守，與近年來政壇上自吹自擂，虛矯浮誇的歪風相比，恰成為強烈的對照。少老在政治外交上有許多重大貢獻，皆如桃李無言，下自成蹊，默然運作，不求名而名自至，厚重誠摯，這才是所謂「古大臣之風」。

我在《中央日報》服務十五年，最後五年承乏社務。當時臺北火車站改建，報社原址必須拆遷，經過同仁多方努力，在八德路興建新廈。中央指定五人小組，蔣主席請少老主持。少老諄諄教導，提綱挈領，要言不繁，他終身熱愛新聞事業，關心《中央日報》，祝望該報能從此跨進一個新里程。少老的愛護與教誨，令我終身感念不忘。

在某一次新聞工作會議中，經國先生期勉新聞界必須做到明是非，別善惡，辨利害，擇善而固執，有所為有所不為。少老即席隨後致詞時分析當前各方意見紛紜，癥結在於「有人主張在安定中求進步，有人希望在進步中謀安定」。他們二位這兩段話至今仍時時迴旋腦海，當時情景如在目前。

少老高齡仙逝，天爵人爵，了無遺憾，祇是處在國家多故，報業艱難之際，更使後人仰望風範，對少老懷念無已。

原刊於民國八十五年十一月卅日《聯合報》

蒼涼

中秋節那一天，報上的大標題「張愛玲孤獨走完人生路」，令人悚然一驚。她留給世間的最後印象，祇是一位矮矮瘦瘦、落寞寡言的東方老太太，睡在一無所有的臥房地上，蓋著毯子，安詳地逝去。報導中還說，她去世的時間「可能在六七天之前」，讀了格外令人傷慟。

這樣的結局，或如她小說裡形容的，「是一個蒼涼的手勢」。張愛玲原不是和凡人活在同一個世界裡，活著和死去，「別有天地非人間」，自有她的格調。

許多年前，春臺小集的那些朋友，個個長才自負，豪氣干雲，儘管對文學、對人生、對世界各有不同看法，但喜歡張愛玲的作品則「有志一同」，雖然每個人喜歡的理由並不一樣。

初到臺灣那兩年，張愛玲的作品市面上沒有，頂多輾轉看到些散篇。她在抗戰後期在孤島上海成名，一九四九年以後有段時間沒有離開大陸，因此不免被人視為「異類」；後來聽說她逃到了香港。

臺北有一家中興圖書館，藏書有限，但有些是當時的「禁書」，無意中借到了張愛玲的《流言》，十分歡喜。那年月還沒有複印機，我就自己動手抄寫，選了幾篇在我主編的《自由談》月刊上轉載了，並沒想到甚麼智慧財產權問題，也沒想到請教原作者。年輕時真是魯莽。

我用同樣方式處理過王實味的《野百合花》，有位朋友說，「你好大膽子。」

我的心意很簡單，好文章總要流傳。張愛玲與王實味天南地北，沒有半點相同處；在我看，他們都有率性之真。人，無論在甚麼環境裡，都該多聽聽真話，少說幾句假話。

《傳奇》、《流言》後來都有了錯訛百出的重印本，再過一陣子，《秧歌》和《赤地之戀》出來了，她的書不再是禁忌，而且風靡海內外。有人稱讚她是「小說家的小說家」，還不夠透徹。文學史稱小說家的小說家那樣的人，往往是奇奧深邃，崖岸自高，常人難於親近，祇有專業的小說作者才體會得到其妙處。張愛玲更超越了那個境界，無論甚麼程度的讀者，都能受到感動。胡適先生極稱道《秧歌》的平淡而自然，「近年我讀的中國文藝作品，此書當然是最好的了。」其實，她的作品還有比《秧歌》更好的。夏志清先生《現代中國文學史》之後，「張學」似已成為一種「顯學」了。

有關張愛玲的評論，我最欣賞一句話：「張愛玲這個人，真是『懂』！」這個「懂」字含蘊了太豐富的意義，洞明世事，練達人情，她不僅把男女老幼的喜怒哀樂都體會得那樣深透，寫出來又無不恰如其分，入木三分。她用的字彙並不多，但都能如柯立芝所謂「把最適當的字放在最適當的次序裡」。重讀《秧歌》裡金根因為沒有米接濟挨餓的妹妹而對妻子月香發脾氣，以至金根傷重決心投河，臨別前緊握著月香的腳跟那兩段，筆力千鈞，感人肺腑，而又極其平淡自然。

在她去世之後，才略略知道她多年來離群索居的真相，不接電話，不回信，不應門。翻檢舊物，無意中發現了一封她的舊信。就像蘇偉貞說的那樣，黑墨水寫在淡綠的航空郵簡上，從頭到尾工工整整，甚至有些拘謹。那信發自新漢普夏州彼特波若城松街廿五號，郵戳是一九五八年。想來是回覆我敦請她寫文章的信，原信說：

彭歌先生：

我非常感謝您的信，給了我極大的鼓勵。同時也使我慚愧至今沒有什麼建樹，但是總希望有一天能夠不辜負朋友們的期望。本來預備馬上給您寫信，因為正寫一個長篇，想一口氣寫完這一部份，工作得又慢，所以一天天耽擱下來。同是寫作的人，您一定會原諒我。這一向時局緊張，我非常焦急，竭誠地祝您平安，兩位小學二年生也無恙。

張愛玲
九月廿三日

信是簡潔而親切，雖非深交，總有一份「同道相惜」之情。談到時局，那年八月廿三日的金門砲戰，震驚世界；我猜想也可能正因這一變故，她才想起來該回我的信。信末提及我那讀小學的兩個兒子，如今早已讀完了博士學位，惆悵中年了——一九五八到現在，正是三十七年落花一夢。

從她的作品看，張愛玲聰明絕頂，玲瓏剔透，而且應該是極其爽朗樂觀，富幽默感的人。少女時代的好友如炎櫻，也都頗有風趣。何以暮年變得如此孤僻？跟大家的想像太不一樣了。

她對於男女感情事，「懂」到毫巔，所以寫來曲盡其妙。然而，在現實人生中不幸乏善可陳。尤其她在上海的第一次婚姻，像是林黛玉嫁給了賈璉，不僅是悲劇，而且為人情所難堪。

她對天然景物、花草樹木、衣裳服飾，以至人情真偽，無不細心觀察，別有領悟，她留給人間的已經很豐富，很精美，相信可以傳之久遠，不能說「沒有什麼建樹」。然而她卻走得這樣孤寂，想到那淒美蒼涼的景象，覺得這世界虧負她太多，不禁悲從中來。

原刊於民國八十四年九月廿三日《聯合報》

苦學的才子

在朋友們的印象中，蕭樹倫兄是「才子型」的人物。但這衹是大家看到的一面，其實他不僅是天資穎慧，聰明絕頂，更能苦學不倦，終身以之。他的成就絕非僥倖而得。

大家都知道樹倫的英文極好，陌生人不免要請教他是否哈佛、耶魯出身，他都坦然回答，只在四川大學讀過一年書，以後就全憑自修。在學習英文寫作上，他是「單幹戶」。

有的朋友告訴我，一九四九年初來臺灣時，樹倫曾住在某報員工宿舍裡，閒下來就讀《時代》週刊。遇到精采處，便剪下貼在床頭，不停地複誦。單身宿舍像大統艙，所以他「背書」的情形，不少人都看到過。他的英文寫作基礎，由此奠定。

他進合眾社（後來擴大為合眾國際社）服務，由單純的記者升到駐臺北分社主任，採訪新聞是一流高手，寫作也達到一流水準。有一回我問他，「你自己衡量，比慕沙的筆下究竟如何？」

合眾國際社和美聯社時時都在針鋒相對，競爭不已，慕沙是美聯社的特派員，也是駐臺北外籍記者中最資深的「頭牌」，是樹倫天然的「假想敵」。樹倫告訴我，「一般新聞採訪，我比他靈光，寫起來自覺不比他差多少，但是，特寫稿 (feature) 就搞不贏他。畢竟他是美國人，思想文化背景上不一樣。」

中國人在外國新聞機構裡工作，不僅是思想、文化、或語文上有絕大的不同，有時且不免涉及政治上的觀點。新聞記者當然以超然公正、真實報導為第一義；取捨輕重之間，應有信守不渝的分際。某些外籍同業對中國的歷史淵源和社會背景所知有限，但又懷著一種莫名其妙、妄自尊大的心情，報導出來的東西，不是失之膚淺，就是流於渲染。過分的「簡化」(simplification) 再加上「語不驚人死不休」的主觀要求，往往使得本來已經很複雜的問題越發撲朔迷離，真相難明。

樹倫的工作態度嚴謹，盡可能地盡到一個新聞記者專業要求上的責任，同時也要維護到作一個中國人的尊嚴。我覺得他做到了「執兩用中」，進退得度，甚為難得。

合眾國際社人員精簡，工作對象卻包括全臺灣，而且是政治、經濟、軍事、外交一把抓；所幸樹倫交游遍天下，人脈極廣而人緣甚佳。廊廟公卿、市井細民，都有他的朋友，新聞界更不必說。目前在臺北中年以上的編採人員，大概都和樹倫有過交往。早些年，他偶爾跟我通通電話，大多是求證某則新聞，他在談吐間很有技巧，很有分寸，絕不讓友人感到為難。從他的問題中，就可以感覺到他對新聞的靈敏度和探索真相的深度。

傑出的新聞記者，一定也是勤勉的讀者，他必須廣泛吸收新的知識，與時俱進。樹倫讀書的方面極廣，除了與新聞有關的新書之外，對英美文學涉獵亦多。他讀書極快，三、四百頁的小說，一兩個晚上便已讀完。我們偶爾也在電話上交換讀書心得和圖書新聞。

我夙性疏懶，不善酬應，樹倫每有邀宴，我往往託故婉辭，他也不以為罪。有一回——此刻回想起來，應是一九八〇年十一月初，正在美國大選投票之前；他約我參加一次小型餐敘，電話上一再叮嚀：「一定要來，這次有很有趣味的客人。」

兩位遠來的嘉賓，一位是美國最暢銷而又極正派的小說家密契納 (James A. Michener)，另一位則是電視界名人克朗凱特 (Walter Cronkite)。克朗凱特十分健談，講了許多有關大選的笑話。密契納則沈默寡言。樹倫事前把市面上買得到的密契納的書都買來，請他簽名留念。密契納欣然一一簽名，還問這可都是「海盜版」？樹倫未作正面答覆，只說：「你可以看出來大作在臺灣是多麼受歡迎。」

密契納現已八十多歲，正在埋頭寫自傳。克朗凱特退休已久，偶仍參加公益活動。昨晚公共電視臺上慶祝一九九五年新年的音樂節目中，看到白髮蕭然的克朗凱特作簡短的說明。

比他們二位年輕得多的蕭樹倫竟已作古，回憶前情，令我格外感到惆悵。

記得新聞界前輩魏景蒙先生逝世的那天晚上，樹倫兄趕到中央日報社來看我。他說他近年很少用中文寫作，為了悼念魏先生，他趕出一篇文章，希望明天早晨見報。他說：「合眾國際社的新聞稿從不須請託，但這次我要請你們幫忙。按正常的投稿程序，就趕不及了。」他的文章不長，寫得文情並茂，我和編輯部同仁商量，都覺得這是一篇極富時宜性的感性文章，遂即安排版面，次日刊出。

那天晚上，他才告訴我說：「魏三爺對我的情義，真像待自己的兒子一樣。」

好多年前，在臺北郊區靜養的張學良少帥，應有關方面之囑，寫過一篇回憶文章，大約一兩萬字。事前有約定，遵照少帥本人的意願，此文為歷史存證，在少帥有生之年不得發表。但是，「張學良」的大名和事蹟舉世皆知，他自己親筆寫成的記事，價值自不同凡響。有一家新創刊的雜誌，把文章主要內容當作卷首的特稿，想藉此一鳴驚人。某晚報據以轉載。樹倫事前得到訊息，就把那篇文章的要旨和背景摘發電訊，立刻傳遍世界，為合眾國際社爭得先籌。

可是，經手處理這篇文章的單位，無法對上級和少帥交代，便要找樹倫去「談話」，事聞於魏先生，他主動出面力保，說「蕭樹倫是個正派負責的記者，他發這個電訊絕無惡意，你們不可以找他的麻煩。」據樹倫說，當天晚上，魏先生把他帶回自己家裡，作長夜之飲，用意自是要保護他免生其他枝節。

這樣的事情，今日臺灣自不會再有。二、三十年前，新聞記者因「敏感新聞」而招致種種不便的實例不少。魏景蒙當機立斷，挺身而出，一則由於他要維護臺灣新聞自由的形象，二則由於愛惜樹倫的才華和正直。樹倫對魏先生感激知遇，終身不忘。

我在退休後閉門家居，近年來移居海外，與友朋交游日稀。一九九三年夏天回到臺北，剛從美國回臺的老友黃慶豐兄神通廣大，弄到了最好的戲票去聽梅葆玖。他知道我也喜歡此道，便約我同看四月十五日第一場打炮的「龍鳳呈祥」。可是那天晚上葉建麗兄設宴為慶豐接風，在座都是新聞界多年舊交，張東木、王世正、劉世珍、寇文謙等。樹倫兄在座中談笑風生，心情暢快。那一晚慶豐和我為了要趕上開鑼，提前離席，樹倫還笑我們戲癮真大，連好菜都捨下了。回想起來，那便是我見他的最後一面。

多年來，樹倫任重事繁，工作緊張，胃疾時有發作。他退休後一度主持一本雜誌，遣興而已。後來聽說他因身體欠佳，回到四川故鄉靜養。一九九四年五月間逝世。

蕭樹倫先生言行敏決，文采翩翩，待人熱忱，工作勤奮，是新聞界不可多得的人才。在他身後，朋友們為紀念他而出版文集，由其好友姚琢奇先生主持其事。姚先生的高義亦足風世。謹述一二細事，以見樹倫兄之為人與風格，並表達我對他的悼惜與哀思。

〈附記〉蕭樹倫為我國新聞界的老兵，也是苦修自學的新聞奇才，他沒有受過完整大學教育，而擔任合眾國際社臺灣分社主任之職達三十多年，其新聞寫作，受到中外之肯定。他以七十之齡，於八十三年八月二十日在四川樂山故鄉逝世。蕭樹倫之骨灰，安葬樂山其母親墓旁，他因四十多年未能盡孝，在去世後葬母墓旁以了最後之願望。

原刊於民國八十四年二月廿一日《中國時報》

筆耕五十年

接到朋友們寄來的請柬，知道九歌文教基金會要舉辦一項慶祝酒會，慶賀黃文範兄從事翻譯和創作五十年，他這半個世紀來的辛勤耕耘，總成果已超過二千萬字。這是文壇上一樁盛事。我以道遠不及來賀，越洋投書，就算是遲到的祝詞吧。

我與文範相交，超過四十年。彼時我受已故的報業前輩趙君豪先生之託，業餘兼理《自由談》月刊編務，《自由談》以「思想、山水、人物」為主要內容。文範是陸軍官校和參謀大學出身的少壯軍人，兩度奉派赴美深造。他為《自由談》寫過很多精采的遊記，我們雖很少見面，但常通書翰。他至今還常常提到我對他的「鼓勵」，其實我祇是不斷地催稿，有時還出題目「點菜」。可能有助激發他的文思和寫作熱情。

半生軍旅生涯，養成了文範凡事按部就班、一絲不苟的作風。他為人謙和溫厚，與世無爭；但對自己的工作要求甚嚴。在兩千萬言作品中，翻譯占了十之八九，而且大部分是與軍事，尤其是第二次大戰戰史有關的名著。在一般人心目中，戰史往往是嚴酷刻板的記述，未必是有趣味的讀物。但文範在選材上獨具眼光，國外每有這方面的好書，他總能捷足先得。他在軍事方面的專業知識，亦為一般文士所望塵莫及。

當代文藝名著，像索忍尼辛的《一九一四年八月》、《古拉格群島》和《第一層地獄》，他都在默默中一氣譯成。

第二次大戰期間，縱橫歐陸的巴頓將軍，是一個悲劇人物。儘管他威猛善戰，勇冠三軍，但卻因不會「搞政治」而備受貶抑，更因摑士兵事件受到國會嚴譴，悒悒以終。許多他的部屬都晉級上將，叱咤風雲，巴頓任官僅至中將而止，功大過小，論者皆引為憾事。文範心儀其人，從多方面研究巴頓生平；花費了很大的心力，譯成兩部巴頓的傳記，舊傳與新傳合計將近一百萬字。如果不是發自內心的敬佩之忱，恐怕沒有人肯下這樣的工夫。

另一部極有趣的書，是恩尼・派爾全集《勇士們》。派爾當年是最紅的戰地特派記者，前線的將士，後方的民眾，都喜歡讀他的通訊。他的作品在幾百家報紙上出現。有人甚至說，大戰中最有影響力的兩個美國人，就是馬歇爾和派爾。派爾有記者敏銳的觀察力，也有小說家善於描繪的刻畫力。文範從軍中退役之後，轉任新聞界工作，對派爾作品的妙處，體會甚深。

人們常說，翻譯工作，「彷彿是撫養別人的孩子」。書寫得好，譯得好，讀者記得的是原作者。但若譯筆稍有差池，就會遭到「佛頭著糞」、「點金成鐵」的譏評。文範五十年來盡力於斯，不慕名利，可說是出於讀書人的使命感，要為社會、為人群作有益之事。在臺灣，有興趣致力研究戰史和戰爭文學的人，遲早都會「遭遇」到文範的譯作（近年在大陸亦出現盜印版）。洋洋幾十部作品，我無法一一評介，但都當得起「開卷有益」的考評。

文範退休後，每天到中央圖書館斗室中伏首寫作，自律之嚴，用心之專，令人敬佩無已。他雖在待人接物時表現得十分平和，但凡涉及史實或文字上有疑問時，必窮究到底，毫不放鬆。像他對於引發抗日戰爭的那座橋，應該是「蘆溝橋」而不是「盧溝橋」，他作了不少考據和探索，寫了好多篇文章。由此可以看出他的認真與執著。

三國名將黃忠，是蜀漢五虎上將之一，定軍山一役尤為出名，「老祇老我的鬚髮老，胸中韜略比人高。」黃忠是湖南人，「一十三歲習弓馬，威名鎮守在長沙」，文範姓黃，也是長沙人。黃忠憑的是刀馬弓矢，百步穿楊，文範則祇是一枝大筆，五十年悠悠歲月，兩千萬言以上的心血結晶。

勤奮、謹嚴、有恆，足為這一代青年們的榜樣。

原刊於民國八十五年十月五日《聯合報》

老人言

從前聽人說，當一個人「為他人而活」，老年期便開始了。寫作似乎也是如此，當寫作時總是想到要給別人一些甚麼的時候——無論是繼往開來式的「傳道」，或祇是傳達個人的某些經驗與感受，都意味著一個人進入老年——成熟時期的反省。

敬老尊賢是悠久的傳統。到今天，老與賢雖都已不再是值得尊敬的僅有對象，但我仍相信，無論社會怎樣變化，這傳統不會中斷。人人都嚮往賢者，人人都會由少壯而至老年。敬老似乎是一種零存整付的儲蓄方式，總有一天你會用得到。

老人的價值不僅在於久歷滄桑，經受了重重哀樂的洗禮，而且在於他能將那些經驗貫串起來，排比觀照，對人生和世界獲得更深一層的理解。

過了新年，唐紹華先生滿九十歲了。雖享高齡，卻耳聰目明，腰腳仍健，日常寫作不輟。他的新書《文壇往事見證》，由傳記文學社印行，八百多頁。他說，他無意寫文藝史，祇是憑生平經歷之所知、所見、所聞，寫出來供後人參考。

作者從讀中學時代就熱愛文藝，成年後投身影劇文藝工作，可謂經多識廣。譬如說，他曾訪問過魯迅，到今天，有這樣第一手經驗的人不多了。他認為，魯迅是一位先天性悲劇人物。被中共捧抬起來的魯迅，死得其時；如果遲死若干年，一定難逃和胡風一樣的下場。

本書是以隨想方式寫出來的，不完全依編年體的次序，想到哪兒寫到哪兒，不太計較架構的完整性和條理性；這種談天式的寫法，使讀者每於無意中發現在別的書裡看不到的趣聞逸事。

作者從少壯到老年，親歷了清共、國共合作、內戰和到臺灣之後反共抗俄的各階段，文壇上也相應而有種種變化。中共善於利用文藝作為爭取人心、奪取政權的工具，而當年有許多熱血青年為了愛國愛民、不滿現實而追隨共產黨，作者有深刻的體會和記述。

尤其是中共羽毛未豐的時期，文藝和影劇事業的滲透力，大過政治宣傳和武力割據。像一九三〇年代左翼劇團聯盟出現時，田漢、洪深、朱穰丞、應雲衛各自擁有劇團，當時他們並未入黨，卻都受中共的策畫而活動，劇聯南京分盟策動的「娜拉事件」、「怒潮劇社事件」等，都已是歷史中的小泡沫，一經作者娓娓道來，才看得出中共用心之深。

中共利用地下組織和同路人的聯繫，排擠、打擊非共反共作家，有很多手法。作者舉出幾個實例。抗戰期間，易君左寫了四幕史劇《祖逖》，由軍委會政治部長下令交給中國萬歲劇團演出，拖了幾個月之後，原劇本竟被導演「丟了」。陳銓教授的《野玫瑰》，先出版再上演，劇本不會再丟，但《新華日報》卻大肆醜詆。

作者更舉出他自身的經歷，他以黃花崗起義為題材寫成五幕劇本，經吳敬恆先生改定劇名為《碧血黃花》，張繼、鄒魯等元老都認為很好。交給劇團後，洪深虛與委蛇，當面對作者恭維讚美，暗中卻另找人趕寫了一個題材相同、精神全異的劇本，到後來上演時，兩個本子拆拆拼拼，原來鼓舞人心、伸揚國魂的意思幾乎完全沒有了。這都是發生在國民黨當政，政府支持的機構之中，竟會有這樣的現象。國共後來之勝負，又豈是偶然？作者在全書最後的一句話是：「筆者回顧文壇往事，不禁悲從中來，深深感慨。歷史教訓，誰說過去已經過去了？」

不過，更值得省思的是，過去幾十年間文壇上許多活躍人物，全心向左，跟隨共產黨走，到後來卻是一場幻滅，有些人甚至落得家破人亡，禍延妻孥。此書中作者舉出很多見證，發人深省。天道無言，後來者自求多福吧。

原刊於民國八十五年十二月廿八日《聯合報》

不止幽默

我自己寫專欄，所以不放過細讀何凡的專欄，可以說我是從其文汲取其長處，做為我的滋養品。一位作家的寫作，他的文格即是他的人格，我想何凡寫作時是以此自勉的。他寫作有揚善批惡的基本精神即在於此。他無論評人論事正直而公平，他並非以罵倒眾生來表現自己是高貴的專欄作家，看他的文章，我有三點非常羨慕和崇敬他的。

第一，我剛說何凡寫專欄的基本精神是揚善批惡，雖然有的達到效果，有的還沒有，但他如此寫作幾十年，精神一致，非常不易。我和何凡有私交，知道他的敬業精神，比如我們常坐在一起吃飯，別人請他或他請客，常常還沒吃完他就起座先辭，他說取稿子的就要來了，他必得回家趕稿子。他請客的時候，也常常撂下一桌客人，撂下滿室熱鬧回書房去完成寫作。還有令人羨慕的，是他愛好體育的精神，不斷運動使他體健，身心俱健，老而彌堅，這是一個人的福氣。

第二令我羨慕的，是何凡文集共二十六冊，國父國民革命是積四十年之經驗，而何凡寫作專欄已橫跨三十多年，結集有五千五百篇，淘汰十分之一，尚有五千篇。而這五千篇並非像水滸傳、紅樓夢的只順著一個主題，而是有五千個題目，跨過三十多年來研究五千件事情，海音把它們經數年的整理結集出版，令人羨慕有這樣一位出版家太太。

第三是他們有一子三女，皆已學業有成，成家立業，兩個大女兒幫著編訂全書，這都是讓人羨慕之處。

試想一個人到了八十歲生日之時，看到自己一生的創作出版，而且是由太太和女兒處理的，怎不令人羨慕啊！

我對何凡的專欄作品總印象是，它實在應屬社會哲學類（Social Philosophy）。他寫的是社會上所發生重要的、有趣的、引起爭論的話題，在二十六本中我選兩例，即最早刊於四十二年十二月三日的一篇題名〈拋棄面子問題〉，是寫當年一本轟動文藝界的小說《永遠沒有戰爭》。作者登大幅廣告請了許多文化界名流推薦此書，如于右任、羅家倫、蘇雪林、陳紀瀅、趙友培、謝冰瑩諸人。他們並不認識本書作者，是別人來轉求，而他們不知情，為了面子就簽推薦之名了。等到此書一出，眾皆譁然（已經賣了一萬六千冊），文字不但不通而且笑話連篇，接著這些推薦名人又聲明撤消推薦，並且每位都有幾句誠懇的「罪己」的話。何凡為文說，在這個重面子的中國社會裡，聞人的確難做。尤其打出「反共抗俄」的旗幟，笑臉請求簽名的人，誰也不好拒絕。

何凡此文的最後一段話，幽默可喜，我試讀給大家聽：「原來中國社會一向有這種風氣，聞人顯宦的附加任務是證婚土祭，揭幕剪綵，外帶著推薦介紹，題詞簽名。橫豎推薦止於智者，旁人都簽得，我又何必矜持呢！現在愛德樂佛先生這一『戰』，打得各聞人紛紛立『悔過書』，真是好不慘然！但是從此倒有了一個推辭干求的藉口，今後如能建立起是是非非的風氣，拋棄『面子問題』的錯誤觀念，失之東隅，收之桑榆，當拜樂佛仁兄之賜也。」

最近的一篇我要舉例的是收於第二十四卷散文集，寫於七十八年十一月十三日，題目是「經濟促使共產黨加速自滅」，談的是去年十一月東歐的變化（而這兩三個月來，東歐實在更超乎想像的大變，不但羅馬尼亞、保加利亞、捷克等國，就連蘇聯本身也變得厲害），何凡這篇文章較嚴肅，像一篇短的政治論文。他在此文最後感慨的說：

「……和共產國人民因窮而革命正相反的，是我們這兒有一群人『吃飽了撐的』，沒病找病，乘大選期間高呼要成立『臺灣國』，並以此國號進聯合國。我不明白，在中共手握否決權的時候，這個『新國』怎麼進得去？……我們手握經濟優勢，可以不血刃的逐步化解中共，使之走上民主路途。現在西德及其盟國對於東德人民的迅速投向西德，反而有措手不及之感。所以海峽兩岸的走向統一或平等並立形態，都不算是夢想。我們正應樂觀而謹慎的增加和平的壓力，以促使這一目標的早日實現。而不是大言不慚的發表謬論，去追求一個『姥姥不疼，舅舅不愛』的幻想的目標。」

總之，何凡的文章，不止是幽默、諷刺，小的如談「世界永遠沒有戰爭」的個人之事，大的如國家大事，政策方針，都在他五千篇文章內談及，寄正義於幽默。《何凡文集》實在是一部可傳的大作。

附記：這篇是參加何凡文集出版的集會上，我應邀發言的要點。由記者朋友記下來的，和我自己的筆法似乎不太一樣。

原刊於民國七十九年四月十八日《聯合報》

朦朧

1

大眾傳播學裡一條重要的原則：「人，最有興趣的對象就是人。」

文學，不管甚麼體裁、甚麼形式，也終歸都是以「人」為中心。所有的文學家，無論是詩人、小說家、散文家，或別的甚麼家，一個共同點是他們對人生的熱愛、對人的關懷。離開了這個，此間無所謂文學。

林海音女士的寫作生涯，從新聞記者開始，以《城南舊事》和《曉雲》那樣的小說揚名，創辦《純文學》月刊和出版社。她喜愛新聞記者「上窮碧落下黃泉，動手動腳找東西」的工作；她喜愛小說創作，可以為之廢寢忘食；她以奉獻的精神辦出版事業，為讀者和作者提供了最佳服務。

可是，她最有興趣的，也最為關心的，還是人，各色各樣的人。她的先生，她的兒女，她的朋友——真是交遊滿天下，三教九流，無所不容。她有一種親和力，讓男女老幼的各色人等，都喜歡跟她談心。

《隔著竹簾兒看見她》是她的新作，很俏皮的書名；其實，這是一本以「懷友」為主的文集。隔著竹簾兒看到的，不祇是一個「她」。

2

二十世紀最出名的傳記文學家史特拉屈 (Lytton Strachey)，寫傳記時恪守他自訂的三大信條：第一、文字要清晰簡潔，其次是態度要不偏不倚，追求真相。第三是要富有自由的探索精神。因此，他能為傳記文學開拓了一片新境界。他的特長是，從千頭萬緒的史料中，抽絲剝繭，提要鉤玄，像煉金術士一樣，棄糟粕而取菁華，筆底英豪，栩栩如生。

但也有人說，史特拉屈局限於「為藝術而藝術」的態度，他透過文學的形式來觀察人生，往往扭曲細節，使傳主變成了卡通化的人物。很生動，卻未必真實。

海音寫的不是宏篇鉅製的名人全傳，而祇是某些當代人物——絕大多數是文學作家、知識分子與文化人——的一個側影或浮雕，當初在報端發表，篇幅有限，每個人平均不過是一兩千字。但是，每一個人都有其不同凡響的經歷，每一個人也都留下了可思可懷的心血成就。海音就是以清晰簡潔的筆墨（這本來就是她寫作的特色），公正求實態度，和自由探索精神，去勾勒這些人物的面貌與心魂。

書中的二十來位先生或女士，大都與文學、藝術、和新聞有關，而且和海音有深切的感情，所以她寫來便有與眾不同的風味。

像高齡九十有五的成舍我先生，當年在北平辦報，又創設北平新聞專科學校，「雖然初辦只有百把個學生」，海音是其中之一。舍老的言教身教，對海音影響深遠，是「一生的老師」。

又如著名的影星胡蝶、白楊，都是中國電影史上具有里程碑意味的大明星，前者是海音中年的摯友，後者是初中時代要好的同學。

老一輩的人物，像蘇雪林，像蕭乾和文潔若夫婦，像王壽康，像蔣彝；年輕一輩的，像余阿勳，像王正方，像秦家驄，每個人都有一些感人的特殊遭際，形成動亂的大時代中不凡的特色。

我讀起來深感興味的，是國劇名鬚生余叔岩的女公子余慧清，寫她父親生平逸事的文章，和海音「一甲子的同學會」——北平春明女中的三個同學，余慧清、白楊、海音，隔了六十年之後居然又能重聚一堂。這樣長久的分別，已超過了杜甫所謂「昔別君未婚，兒女忽成行」；再想想在這一段歲月裡中國人所經歷的種種風波和磨難，更不止是令人嘆息悵惘，臨風涕泣了。

3

在全書中分量最重、篇幅也占得最多的，是有關女作家沈櫻（陳鍈）的文章，從〈念遠方的沈櫻〉，到〈最後的沈櫻〉，紀錄著她們兩人之間大半生的友情。從某些方面說，海音與沈櫻兩個人的性格和經歷，都有絕大的不同。人與人之間的情分，也許都要歸之於一個「緣」字。

海音的性格爽朗開闊，處事明快；她自己主持出版機構，又參加許多文化活動，不但劍及履及，而且當機立斷；很有所謂「現代女性」和「女強人」的霸氣。沈櫻則偏於內向，輕言細語，除了專心寫作和教書之外，似乎與世無爭，不食人間煙火。

可是，從另一個角度觀察，海音內外兼籌，相夫教子，家庭生活極為圓滿，可說是傳統型的賢妻良母。沈櫻則外柔而內剛，愛憎分明，在婚姻生活上曾遭遇兩度變故，先和馬彥祥、後和梁宗岱，都告仳離，飄然遠引，一旦訣絕，便獨力撫育兒女成人，在四、五十年之前，這樣的剛烈性格，可說是獨立性的女界先鋒。

海音和沈櫻這些立身處世相異之處，幾乎形成截然不同的對比；可是，她們卻是幾十年的莫逆之交。沈櫻對海音的信託，海音對沈櫻的關注，在友儕之間成為美譚。沉櫻的許多譯著，開始是由海音為之安排，而引沈櫻進入出版界。但最後沈櫻的散文全集《春的聲音》，是由海音的純文學出版社為之編輯出版。這本四百多頁的書出版後航空寄到美國時，沈櫻已經是彌留狀態。

海音說，「我能在她生命的最後，把她在臺灣的文學、友誼、家庭生活做個總結，於心已安。」所謂一死一生，乃見交情，友道之厚，著實可敬。

在沈櫻去世之後，從彼岸輾轉發現了沈櫻和梁宗岱分別四十餘年之後的「最後通信」。這一對「文學怨耦」的離合，雖然不像徐志摩或郁達夫諸人的事蹟那樣騰揚眾口，但在飽經顛沛之餘，各自都能有所成就，正如沈櫻所說「人間重晚晴……我們都可說晚景不錯了。」

沈櫻給梁的信中說，「在這老友無多的晚年，我們總可稱為故人的。」榆桑晚景，去日苦多，這已是無愛無根的超拔境界了。

這幾封通信的披露，不僅是文壇史料中的一束重要補白，也讓後之來者——無論識與不識，皆能體會到他們的相知共識，是多麼珍貴而難得。

沈櫻的散文醇雅有致，譯文更是融通傳神，褚威格的作品，特別是〈一個陌生女子的來信〉，幾乎每個喜愛文學的人都讀過，感人良深。

照我猜想，海音的書名《隔著竹簾兒看見她》，雖是取於歌謠，但無意有意間也有懷念沈櫻之意吧。

書中的人物，或老或少，或男或女，都與沈櫻呼吸過同一時代的空氣。雖是各成獨立篇章，但是，讀竟全書，我不免想起孔子立川上的喟嘆，逝者如斯夫，不舍晝夜。人世種種，無常無住，沒有甚麼一定是永恆不變的。悲歡喜樂，轉眼成空。身前身後的聲名事業，說來也仍是虛空。儘管如此，凡人總是有些想不開、看不透。若真的一切都想開了、看透了，到了四大皆空的境界，人生也就不成其為人生了吧。某些煩惱，某些憂愁，某些遺憾，都是避免不了、也不應迴避的。

如是，我們便「隔著竹簾兒」看下去吧。從這些熟識的或陌生的、親近的或遙遠的人與事之中，更加參透了人生的無可如何。

有些悲涼，有些寂寞，但仍皆歸之於可親。

這便是海音作品之魅力。

自從《城南舊事》被改編成電影，且得了亞洲影展的大獎以來，林海音的大名在海峽兩岸同樣的響亮。以一個原籍臺灣苗栗，出生在日本大阪，成長在北平的作家和出版家，林海音在目前這樣的特殊環境裡，應該承擔起別的人不適合、或挑不起來的某些任務，成為溝通兩岸文學界的一座橋樑。

這話也許說得遠了一點吧。有很多事情，在眼前的朦朧氛圍中，還是「隔著竹簾兒」看看再說吧。

原刊於民國八十一年四月廿八、廿九日《聯合報》

寂寂文心

許多年前，和傅孝先兄相識。他從臺大外文系畢業，進了政大新聞研究所。我從直覺判斷，他不是一個作新聞記者的「料子」，好像一塊絲絨不宜作牛仔褲。

他生得很纖秀，眼鏡度數很深，文弱書生的樣子，講話輕聲細語，必三思而後言，但很有份量。讀書專心而深入，據說他是外文系裡唯一能背全本《唐詩三百首》的人。

他果然沒有走入新聞界。來美以後，讀博士，任教授，都不出英美文學的範圍。幾十年未嘗相見，如今他也快退休了。剛剛收到他的新著《文學與人生》，忽然有一陣寂寞之感。如作者所說，「孤獨者無視於空間之寥落，而注目於時間之永恆。傾訴的對象是往昔的聖哲英豪……寂寞者則戰慄於無限的空間之沉默，想和同時代的人物作情感和思想上的交流。」孝先以治學餘力從事寫作，多少是出於嚶鳴求友之心。孤獨與寂寞不過是隔著一層紙。

全書分為四輯，二五八頁，臺北書林公司出版；大部分是散文和評論。他的散文簡約洗鍊，在文字上和情感上都十分節制，使我回想到許多年前他那緘默書生要言不煩的神情。由於讀書甚廣，筆下不免流露出「掉書袋」的痕跡，不過他引經據典，運用自然，所以不至於「不能忍受」。像〈談鄰居〉不到千字的文章，徵引到華滋華斯的〈序曲〉、松尾芭蕉的俳句、佛羅斯特的〈補牆〉、但巴爾、摩利、麥考里以至拜倫的詩文。總的印象是，「芳鄰與我，在彼此心目中均不存在。」這種疏離感，古今同慨。所謂遠親不如近鄰的說法，早已過時了。掉書袋為前賢名家所難免，孝先的情不自禁，卻也擴展了讀者的視野。

「讀中外書」那一輯裡十篇文章，有一篇談紐西蘭小說名家曼殊斐兒的日記。曼殊斐兒多病而脾氣壞，又常說謊，使她喪失過一些朋友，包括名作家勞倫斯夫婦；勞夫人對她的評語是：「我很愛她。她雖然說謊，卻比別人更了解真理。」類似這樣的文壇掌故，夾敘夾議，妙趣橫生。

亡友吳魯芹先生有一本文集，題名為《文人相重》，孝先不以為然。他認為，就為人而言，厚道是一種德性，可是批評文章過於厚道和避重就輕，則是一項缺點。文人相重「和彼此搔癢相去不過五十步與百步而已」。這話反映出他嚴謹的性格。也許他畢竟年輕幾歲，我的想法與他不一樣。我所理解的「相重」，不過是對「文人相輕」的反諷或抗議，相重者首應自重，豈有自重的人彼此搔癢之理？

〈人獸之間〉是唯一的中篇，「是我一九七二年在日本親眼目擊的一段事實，與一般的故事頗不相同。」美國一所大學的教員組團到日本訪問，向日本大學的師生介紹美國。團裡的人形形色色，教藝術的大衛放浪形骸，不修細行，他畫的畫「令人惡心」，又為了要替日本女友墮胎到處伸手借錢。

小說裡的「我」批評那幅畫：

「以性為題材或意象沒有意義，並不是因為它早成了濫調，而是因為它不能把我們引進一個有意義的地方去。它代表的是自然世界而不是道德世界。你再活幾歲和進修幾年才會了解這一點。」

大衛的反應是：「我說過你是個八十八歲的老頑固。什麼是道德世界？——一塊冰冷死寂的頑石！你們這種學院人士正和社會上的大人先生們一樣，喜歡戴個堂皇的面具。總有一天我要用教授的性生活為題材作幅畫——或者寫本書更透徹些。」雖然他以藝術家自命，他的藝術觀已暴露出內心的獸性。

其實，這種佯狂欺世的俗物，到處都有，曷止美國？這篇以高級知識分子為對象的小說，令人聯想到沈從文的〈八駿圖〉。諷刺之外，是深沉的寂寞感。

作者自謂：「在我的教學生涯中，曾有四分之一左右的時間花在教修辭、寫作和批改學生的文章上……年復一年，遂養成了我對文字的敏感。」他認為時下某些散文不堪讀，原因在於作者不講究文字功夫。他說，平鋪直敘式、細炒雜碎式、英雄表白式和抒情繪景式皆不足取。更有些作品文理通順而平庸，「沒有一句有大毛病，但也沒有一句對勁。」如此則無可救藥矣。

孝先自律如此之嚴，這本文集自有可觀，愛好散文的讀者不可錯過。

原刊於民國八十四年十月四日《世界日報》

智囊人物

臺灣經驗，說來說去，還是經濟最好看。《紐約時報》九月七日的廣告上刊出，中華民國在臺灣，儘管資源有限，竟能成為世界上第十四位貿易大國。國民每年平均所得一萬二千美元，在全球近兩百個國家裡佔到第二十五位。將來還要成為亞太地區經貿活動的中心。至於憲政改革等等，可就見仁見智，評價不同，廣告詞令就不那麼具有說服性了。

經濟的蓬勃發展，不是天上掉下來。學術性的專著和論文已有不少，中外人士寫的都有，但往往不適合「一般讀者」的口味，數據多而人情味少。如錢穆先生所說，歷史事件的背後都有人。人，是開拓新境的主體。臺灣經驗當然也少不了人，許許多多人的智慧與血汗。《王昭明回憶錄》不是一本英雄傳記，也不是記錄經建發展史，而是以個人的經歷，貫串了好多位在過去四十多年間致力財經工作大有貢獻的人物和事蹟。他無需高自標榜，也不用歌功頌德，祇是用實事求是的態度，回顧平生，寫出他所親歷的大事。

王昭明有「福州才子」之稱，這不僅由於他下筆千言，倚馬可待，更因他心思緜密，見遠思深；他所追隨過的長官，從尹仲容、李國鼎、趙耀東、張繼正，都對他倚為左右手。李煥、郝伯村兩任內閣中，他都是秘書長；而那正是政局十分微妙之際，看他迴翔其間，舉重若輕。連戰組閣仍力挽他連任，他一再懇辭秘書長的繁劇工作，留任為內閣中首席政務委員，有關財經大計，是連戰的智囊。最近金融機構風波迭起，連戰就請他主持檢討。

王昭明才思敏達，從地方到中央，官場中那一套他是洞若觀火。不過他在大關大節處守得住大原則，非僅是謹小慎微的幕僚長而已，當然更不是唯唯諾諾、仰承顏色的現代官僚。

臺灣經濟發展史上，有幾個機構先後發生過極大的作用，如工業委員會、美援運用委員會、經濟合作發展委員會；說起來都不是法定的建制，但在排除萬難，從無中生有的環境中，這些單位的貢獻不能抹殺。為甚麼政府要設置這些機構？做了些甚麼事？如何做法？本書都講得很清楚，深入淺出，在今天看來已具有史乘的價值。

有關人物的觀察和描述，更是生動。譬如講尹仲容的一段就十分有趣。在行政院陳誠院長主持的高層會議中，尹仲容辭鋒最健，方案的準備也很充實，不過他愛引用專門術語，且愛用英文名詞，發言時咄咄逼人，似乎別人都錯了。因此有幾次陳院長聽取報告後，略有不豫之色，遲遲不下結論。這時嚴家淦先生照例發言，綜合複述一遍，內容和尹氏報告無任何出入，因為嚴先生口齒清晰，對專門問題表達得容易聽懂，迅即為陳院長接受。王昭明說，「這一搭配以後回憶起來至關重要。」尹之大刀闊斧，嚴之圓融寬和，在當時都是少不了的。兩氏對臺灣經建都大有功，但尹氏後來因揚子公司案受謗掛冠，悒鬱以終。嚴氏則一帆風順，直上青雲。官場之幸與不幸，固然各有運會，其實還是各人的性格起了決定性作用吧。

書中類似這樣的記事甚多，非身歷其境者不能道出。像郝院長約見白培英，要他接任財政部長，「過程很有意思。」還有其他「很有意思」的情節，留給讀者細心觀賞，不多贅述。

作者在書尾檢討政局，他說，「國會結構似有惡質化的傾向。」具體而言，個別或短期利益掛帥，整體或長遠理想極被忽略。民代中專業知識不足，而個人的權力慾則甚強。立法品質越來越粗糙。政黨對選舉得失過分看重，越來越庸俗化、物質化。如此惡性循環，不僅使政黨的理想全失，民主改革落空，無法跳出威權政治的窠臼，甚至最後淪入暴民政治的危境。這些看法甚真切，可惜他「身在此山中」，姑存忠厚，不便講得十分具體。其實這段話裡，句句有「人」，字字有「事」，若能具實托出，足可作為當今政壇的清潔劑，蕩垢滌穢，令人一新耳目，功德無量。

原刊於民國八十四年十月九日《聯合報》

靈明之旅

和年輕朋友們交往，彷彿看電視連續劇，稍一不留神，或者間隔了一兩天，中間就跳過了許多情節。忽然間發現，他們長大了、成熟了，從「未來的希望」變成了「社會的棟樑」。

我初識姜保真的那一年，他剛剛考進大學。我是先讀了他的作品而後才看到他本人。他的中篇小說〈水幕〉，是我推薦給夏鐵肩先生，夏先生很欣賞，未經修改即發表的。

後來見到保真，我覺得他「文如其人」，樸實厚誠，沒有時下儇薄巧倖的那一套。他講話不多，但很有主見，說一句是一句，從已往到現在，都是這個樣子。

保真在中興大學讀森林系。他說這是聯考制度「一考訂終身」的結果。如果完全由他自主，說不定他會進文學或哲學系。我倒覺得無所謂，喜歡寫作的人，無論學甚麼，大概總不會忘情於寫作；最後還是會回到這條路。

此後，保真去美國深造，進入柏克萊的加州大學。他跟我的小兒子姚垚同學。他們倆所學不一樣，所以平日來往不多。垚兒寫信回家來說：「保真有他自己的天地。」保真一家人都是虔誠的基督徒，雖在異國讀書，課業繁忙之際，他仍經常參加教會活動。無改本色，跟在臺灣時一樣。

柏克萊之後，保真曾先後去瑞典和加拿大從事博士後研究。這兩個國家地曠人稀，林業發達，對於他的專業之精進，想必有很大的裨益。更重要的是，在那天寬地闊、長林豐草的環境裏，俯仰沉思，格外開拓了他的胸襟器識；文章境界，與時俱進。

保真在加拿大工作研究，結婚成家。遠在南半球的紐西蘭，有學術機構慕名聘請他去從事林業工作。保真婉辭了，因為他要回祖國為他的母校服務。當年那個穿著制服、木訥寡言的青年，如今已成為年輕學子們仰望的教授，這一行裏傑出的新秀。

自開始寫作以來，保真出版了九本文學著作，有小說，有散文，每一本都寫得很認真很踏實，的確是文如其人。這第九本《生命旅途中》，可以看作是走到了一個站頭，一個新的階段，此後將是更高的提昇。

這本書，象徵著他的成熟的年代。

我很喜歡那幾篇涉及森林的作品，把專業知識用抒情散文形式寫出來，有一種特殊的風味，既親切，又新鮮。

在我們日常生活經驗裏，林業是農業的一部分：林務局屬於農林廳，森林系設在農學院。林業經營是造林而後伐木，木材跟糧食蔬果一樣，都是「有用」的、可以賣錢的經濟產品。

但是，保真提醒我們，農業是一個人為的體系。農業是人為條件改變了天然環境的結果。「我們走進荒原深山探險攬勝，絕不可能見到一片天然的稻田，但是常能看見原始森林。」此外，森林更是陸地植物最穩定的生態系，「不需要太多人為的附加物（如農藥、肥料）以維持其生存。」而我們平日從未仔細分辨過。

所以，保真呼籲大家要分清楚林業與農業的不同性質，以更廣泛的、整體性的眼光來看待林業問題，而不必侷限於生產木材。「一片森林即使全是毫無市場價值的雜木樹種，它對該地區氣候、水質、土壤、景觀的潛在貢獻，仍是極大的。」

這是一個林學專家發出的最有說服力的「護林」論。不要單看木材在市場上能賣多少錢，人需要樹林作為健康人生的伴侶。華爾騰湖濱的梭羅，早就這樣說過了。

讀者由此可以體味到保真的「森林之戀」；不僅是森林，更是大自然。

這樣將理知與感情凝合而成的篇章，是保真的一種特色。像英國學者C. P. 史諾所謂的「兩種文化」——人文與自然科學永難結合；保真則是其「逆定理」。自然科學的知識，加強了他的說服力和感染力。

林業要「十年樹木」，而保真這次回國，有志於「百年樹人」的大業。

胡適之先生許多年前寫過的一段話，曾被保真一再引述，可見其印象之深：

在我們這個不幸的國家，一千年來，差不多沒有一個訓練領袖人才的機關。貴族門閥是崩解了，又沒有一個高等教育的書院是有持久性的，也沒有一種教育訓練是訓練『有為有守』的人才的。五千年的古國，沒有一個三十年的大學！

歷史上風雲變幻，王朝代興，也許正因為太重視「教化」的作用，對於「政教合一」寄予過當的期待，結果我們反而是「沒有一個三十年的大學」，教育反而受制於社會環境。

這段話使我回想到民國卅六七年間，我在南京作學生，聽到胡適之先生有關「大學教育」的一次演講。在當時兵荒馬亂、人心惶惶的背景之下，胡先生從容論道，舉出美國的約翰·霍普金斯大學為例，寄望中國之撥亂反治，首先要辦好十家第一流的大學；由此擴而充之，提高民智，充實學術，更可以由增強自信而自立自強。

臺灣四十多年來的小康之局，使教育得到穩定發展的機會。三十年以上歷史的大學已有若干所。像保真任教的中興大學，連同其前身，創校至今已七十年了。

保真初為人師，關心的不僅是大學辦了多少年，而更在如何才能為國家培植「千千萬萬的領袖人物」。他的理想，已超越了專業人才的界線，而近乎「君子不器」的境界。

不討論有關教育的幾篇文章裏，他反覆申論「求真」與「存誠」的重要。

保真引用明末大學者黃梨洲《明儒學案》裏的一段話，來寄託他自己的懷抱。那段話可以分解成下列的「定義」：

千古聖學，只從一念靈明識取。
當下保此一念靈明便是學。
以此觸發感動便是教。
臨乎不昧此一念靈敏，謂之格物。
不欺此一念靈敏，謂之誠意。

一位主修自然科學、得了超博士學位的人，在周遊列邦、回到祖國之後，竟然回到了《明儒學案》的一念靈明，用世俗眼光看來，這豈不是大大的反動與退步嗎？

其實，為學作人之道，古今一貫，中外一體，基本道理本來沒有多大分別。保真以「作一個誠實的人」自矢，言教身教，正是此意。憑著他優良的學識，瞻富的文采，實事求是的作風，自然可以成為一位好老師、好作家。

科學的知性，人文的感性，以及得自宗教與家庭的近乎「天人合一」的信仰，成就了保真這個人。在「海天風雨又一城」那一輯裏，曾細膩地寫出了深深的故國之思。

他離開瑞典時，把一盆常春藤留給老師。翌日起床，習慣性地拿了噴壺去澆水，才想起常春藤已經送走了。保真當時的感慨是，「我默然良久，啊，何謂鄉情？何謂離愁？」

人生之中遇到這種無可如何之境，在悵惘感傷之餘，更不啻經歷了一番試鍊與煎熬。保真說他喜歡陸放翁詩，一本《劍南詩抄》陪伴他周遊世界。年輕時最愛的是：「飲罷別君攜劍起，試橫雲海剪長鯨。」在海外時，已能欣賞：「叱犢老翁頭似雪，羡渠生死不離家」的味道。

成長的過程，是極美麗之事，也是極悲壯之事。從《生命旅途中》，可以欣賞其人生的多采多姿，也能體會到一個人由青春而成熟、由飛揚而沈著的經歷。所以我覺得這是一本好書。

原刊於民國八十一年二月八日《中央日報》

瀟灑走一回

從前聽人說，「人，活要活得很實在，死要死得很瀟灑。」以前不甚了然。近者張繼高先生在臺北病逝，他去得這樣灑脫而安詳，稱得起「人間瀟灑走一回」了。

去年夏間，繼高到美國來，住在史丹佛大學附近退休教授們的住宅區。友人約他餐敘，我同車去接他。一路上談談笑笑，吃飯時他的興會很好，談鋒之健，一如盛年。記得談到早年的選美，繼高說他有幸重訪當年的某幾位中國小姐，其風度談吐，仍大有可觀。他說，「我讚美她們，認為她們要一直保持良好的形象，就像臺南的赤崁樓一樣。」他的風趣和口才往往如此。

想不到他回臺未久，忽攖惡疾，歐陽醇先生告訴我繼高住院的消息，後來又聽說他到過大陸，訪醫問診，心情仍甚為開朗。劉昌平兄說，繼高在病榻上對客談病情，還畫了圖解，彷彿是講別人的事。朋友們雖知他的病不輕，由於他自己這樣從容自若，總希望他能支撐得住，化險為夷。

四月間過臺北，一天接到蔡文甫兄電話，說九歌出版社為繼高的書舉行發表會，因為這是他生平第一本書，各方期待已久，文甫囑我參加。可是我班機已定，無法應邀。當時我還很樂觀地想，書出來以後，總有和他交換意見的機會，想不到六月廿一日他就走了。同輩凋零，至感惋惜。

繼高和我同在新聞圈工作，單位不同，且他以採訪為重，我作編輯較長，來往不多。在新聞工作之外，他致力推廣音樂文化，不遺餘力。據我所知，繼高從未唱歌，不會演奏任何一種樂器，也不是學院派出身研究樂理、作曲、指揮等各方面的專家，他完全憑著專注的愛好與自修，成為一位成功的評鑑家，和最有成績的倡導者。臺灣音樂舞蹈運動的發展，他是拓荒者之一。當年斬荊棘，闢草萊的艱苦經歷，至今仍為萬千愛樂者稱道與懷念。

繼高在報業、廣播、電視、雜誌各界都曾積極參與，貢獻可觀；不過，我猜想如果能讓他自己選擇，也許他寧願把精力和時間都投注在音樂上吧。

我對音樂完全外行，但我總覺得，一個民族的文化發展，音樂是不可缺少的一環，不應該看作是消閑品。孔子所謂「先王以禮樂治天下」確有很深的涵義和很高的境界。本於這一認識，我對正當的音樂活動總是多方面鼓吹贊助；信筆所之，不外秀才人情，繼高或即因此而引我為知音。

其實我自己遠不夠愛樂之上的水準，他約去參加音樂會，我常藉故推脫。有一場很難得的名家演唱，他「押」著我進場，聽完之後，問我感想如何？我說，「有些好處我說不出來，好像從前聽譚富英和張君秋演『遊龍戲鳳』的感覺。」繼高笑謂，「這話有些意思了。」但他對我音樂方面的「培訓」，進步有限。

一九六八年秋，西德聯邦新聞部邀請我和已故的《大華晚報》董事長李荊蓀先生到西德訪問，這是我第一次到歐洲。為期一月的旅程中收穫良多。快啟程之前，我才知道促成此事的是臺北德國文化中心主任舒輔德博士和繼高兄。這兩個人我當時都並不熟；繼高說：「出去多看看，回來好好寫幾篇東西。」我於是寫了四十多篇報導，從政治、經濟到文化、新聞，在報端連載後，結集以《萊茵河之旅》為題由晨鐘社出版。在前記中我特別向臺北的張繼高和當時在德國的陸鏘致謝。沒有他們的協助和鼓勵，我不會寫得那樣順利，那是國內新聞記者介紹戰後西德的第一本書。

繼高與我同年，我們這一群人都有刻苦耐勞和不肯服輸的性格，年輕時吃了不少的苦，到老也不懂得享受，像繼高這樣作到了置死生於度外，那瀟灑毋寧說是值得羨慕而不易學到的境界吧。

原刊於民國八十四年七月十五日《聯合報》

更上層樓

唐代名詩人王之渙的五言絕句：「白日依山盡，黃河入海流。欲窮千里目，更上一層樓。」這首〈登鸛雀樓〉寥寥二十個字，氣象宏遠，意境尤高。在中國人的語彙裡，「更上層樓」已是一句融入在日常生活裡的成語，代表著上進、提升的意義。

新春新歲，朋友指定了題目要我表示一些意見，像「新年新希望」這樣的話，過去說過多次了；這次的徵文卻是以報紙的副刊為對象，自有博諮週訪的深意。

《世界日報》在北美創刊以來，時時創新精進，為海外中文報業史寫下了輝煌的篇章。從東岸的紐約，到西岸的舊金山、洛杉磯，《世界日報》已成為廣大僑胞最寵愛的精神食糧。在報導新聞、平章時事之外，《世界日報》「副刊群」的多采多姿，雅俗共賞，也是引人的一大特色。如何使「世副」在新的一年有更好的服務和表現，可謂「大哉問」；一時說不盡許多，祇得列舉：

一、《世界日報》在北美發行，自當以旅居美加的讀者需要為優先考慮，調和鼎鼐，既要顧到老中青的年齡組距，也要考慮到臺港陸的不同背景。但若分得太細，變成許多小框框，又顯不出份量。要緊仍在作品的內容，感情之真摯、思路之清明，都很要緊，至於文字技巧，那是「基本功」，自不待言。

二、發掘和培養新人才，是副刊成敗的關鍵。「世副」一直很注重，今後還要更積極，每月專題的徵文，設想很好。將來選出佳作來，也可讓讀者加以評論，增進作者、讀者、編者之間的溝通。

三、中國人到甚麼地方仍是中國人，這是不變的一面；但要生存就要適應，所以也有變的一面。在美國生活自有許多特色，工作、教育、錢、保險、汽車等等，跟國內關心的不大一樣。又如運動、音樂、戲劇、美術，在生活中占的比重也較多些。再加上中國人自己原有的唱戲、打牌、包餃子。副刊當然無法樣樣反映，但不可忘記這些「生涯」中的要素。

四、新聞版裡有太多不愉快的事，戰亂、饑饉、經濟衰退、失業增加，從美國到臺灣海峽兩岸，各種犯罪案件、吵鬧打鬥層出不窮。讀者如我，很需要一些正常的、溫馨的、合乎人性的作品。「人物」是人最關心的對象，社會上還有千千萬萬好人存在，多選一些讓人讀了可以感覺到人性之可喜、人生之可貴，人活著還有些意義、有些希望的作品，這就是副刊的功德無量。

當然，我並不是要求副刊編成歌功頌德、脫離現實的東西，「藝術性」仍應保持，可能很難，但並不是辦不到。

中國人正處於一個幾千年未有的變局中。樂觀的人說，二十一世紀是中國人的世紀。悲觀的人則認為，背棄了中華文化的中國人（兩岸都很不少），可能會陷中華民族於萬劫不復之地。所以，此時此刻正是我們力爭上游、奮身自救的時機。

期待報紙的副刊能夠救國救世，未免過分誇大；但我們也不要妄自菲薄，誠如索忍尼辛所說：「一字之真理，比一個政府更強。」我誠懇希望副刊的朋友們，抱著「欲窮千里目」的想望，達到「更上一層樓」的境界。

原刊於民國八十四年元月卅一日（正月初一）《世界日報》

副刊的去來今

接到瘂弦來信說，由《聯合報》副刊承辦的「世界中文報紙副刊學術研討會」，將在元月中舉行。「現各項籌備工作正緊鑼密鼓進行中。編輯室同仁連夜加班，忙得冒煙」。中文報紙的副刊是多年來傳延下來的一大特色，其他國家的報紙少見這種作法。為了報紙的副刊而舉辦一次大規模的學術研討會，這回臺北之會可能是頭一遭，自有值得紀念和慶賀的意義。「冒煙」之後定有豐富的收穫。

學術研討，想必有對過去的歷史性回顧，對目前的現實性檢討，和對未來的理想性期待。從撫今思昔的總結中，理出未來努力的方向。東坡詩中有謂，「三過門間老病死，一彈指頃去來今」，副刊其實也經歷這樣的考驗。由過去通往未來，眼前的「今」最要把握。

副刊是報紙的一部分，報紙的性格、傳統與特色，必然投射到副刊上來。不過，副刊大都歡迎外稿，因而形成了「與公眾相呼吸」的管道和橋樑。「眾神的花園」因此才更為可貴。

但在我看來，「眾神」的各展長才並非漫無局限，修辭必出乎至誠，求真、求善、求美，無論是洋洋萬言，或衹是片言隻語，都要言之有物，文中有情。譬如說，副刊上的評論與社論的題材、章法都不相同，但它的影響與作用卻是一致的。人有人格，報有報格，辦報的基本信念與一貫方針，即報格之所在。做人如果是俯仰由人、隨波逐流，便是一個沒有甚麼味道的人，報紙也是如此，報紙的副刊更是如此。它的令人流連忘返之處，就在它有與眾不同的特殊性格，是所謂「有味道」。

縱論副刊的演進，除了原始的「以文會友」的方式之外，還有以題材不同的（如娛樂、旅遊、家庭生活），或讀者對象不同（如婦女、學生、兒童），各自獨立，各有特色之外，我覺得一家報紙的副刊應該有兩種：一是文藝的，一是綜合的，兩者並重而且相輔相成。臺灣目前報紙篇幅這樣多，辦到這一步應無任何困難。

報紙以人與事為中心，有人而後就有事。我曾建議主持報章雜誌的朋友們，要在「人物」上再多下些功夫。美國的《時代》週刊是新聞性雜誌中的第一把交椅。可是投下去的人力物力十分可觀。同屬時代生活公司的《人物》雜誌，也是週刊；篇幅與《時代》差不多，短短幾年間也有幾百萬份銷路；但費的氣力可比《時代》輕鬆許多。有人甚至猜測，初期《人物》的一部分內容是靠《時代》用不完的剩稿。這話也許稍許誇張，不過，「人，最有興趣的也是人」這句話，確有顛撲不破的道理。近來在「聯副」上讀到林文月紀念她父親百年誕辰，張曉風的〈塵緣〉，和林太乙《林家次女》那本書，都是寫父女親情的至性文章。觸及人性深處的感人作品，「平淡最醇也最難」。如果寫得讓人看不懂，反而暴露其內裡的空虛。

在版面形式上我也有一點小意見，就是關於連載小說。祇要寫得好，篇幅長短本沒有甚麼關係。日本報紙上有「文化版」而沒有副刊，但其連載小說大都刊在新聞版之下兩個全欄，每天有固定的位置，而且每天都有名家手筆的插圖。川端康成是純小說家，吉川英治是歷史小說家，都曾在報上發表連載作品而轟動。報紙也因此增加了銷路，提高了地位。自高陽去世以後，像他那樣雅俗共賞、老少咸宜的連載似乎不多，有待加把勁。

原刊於民國八十六年一月十一日《聯合報》

《世界時報》的實驗

在海外，讀中文讀物的機會較少，從《新聞鏡周刊》可以約略瞭解到國內新聞界近況，如同與舊友新知相晤一堂，實為平淡生涯中一大樂事。《新聞鏡》常見對新聞界檢討批評的文章，如老友薛心鎔兄〈由成淵國中事件談傳播媒體的責任〉一文，苦口曉音，語重心長，認為新聞傳播界至少應做到：避免助長色情的誘惑，並提倡對女性的尊重。這兩項高見對於矯治青少年的越軌行動，雖未必能收立竿見影之效，總反應著知識份子淑世報國的一番用心，值得敬佩。可是，往深處想想，這樣的議論還能有多少人聽，多少人奉行不渝，還是大成問題。這才是最令人憂慮的事。

大膽嘗試力矯時弊

臺灣的新聞事業，受美國的影響甚大。美國社會自由開放，新聞事業更因憲法第一條修正案而受到最嚴密的保護（「國會不得制定法律……剝奪人民言論及出版的自由」）。新聞自由到了「百無禁忌」的地步，從前有人批評新聞界「唯恐天下不亂」，美國的新聞界似乎是越亂越興旺，甚至「報憂不報喜」應算是另一型態的激情主義。

各方有識之士「反激情主義」的主張，相當強烈，但往往旋起旋滅，不能形成與「利潤掛帥」相抗衡的力量。最近有一位年輕的新聞工作者，下決心要力矯時弊，辦一張乾乾淨淨、專門報導好事的報紙，這是一次大膽的嘗試。

現年三十五歲的韓布林（DavidC. Hamblin），原來作過演員，辦過雜誌，創辦了一份《世界時報》（*The World Times*），在他的家鄉新墨西哥州聖塔菲市出版。雖然以「報」為名，實際是一本月刊，目前銷路一萬五千份。此報的特色是，專門報導積極性的好消息。

《世界時報》採取一般日報的對開版式，每期的篇幅與《紐約時報》不相上下。不過，《紐約時報》是「刊載一切適於刊載的新聞」；《世界時報》在第一版上揭載的信條則是「為眾人提供希望和激勵」。從這份報上，人們得到的資訊都是一片光明。

行經沙漠閃現靈光

這份報紙之誕生，適當韓布林遭遇到極大困難的時候。一九九二年，他經營了五年的一家時裝雜誌社宣告破產，他不但失業，連房子和汽車也都賠了進去。此後一年有半，他的心情沮喪萬分，在這段日子裡，他說他讀報紙、看電視，越看越覺得人生無意義。

我所看到的一切，沒有絲毫令人鼓舞的東西，真不想再活在地球上。新聞報導、各種雜誌，還有我喜歡看的《華爾街日報》，觸目所及，全都是暴力活動和消極性的新聞。我問自己，「這個地方怎麼搞的？」世間總該有些積極性的事情發生吧！

一九九四年五月，他徒步走過聖塔菲附近的沙漠地帶，踽踽獨行，腦海中閃出這樣的觀念，他要辦一張完全報導光明面的報紙。他把這個想法告訴一位企業界的朋友戴維斯(Robert A. Davies 3d)，戴氏經營廚具公司有成，願意以二十五萬元為種籽基金，協助韓布林著手辦報。

初試啼聲不同凡響

經過三個月的籌備，一九九四年九月，《世界時報》創刊，每期一百頁，為了穩紮穩打，初期祇是季刊。但因其內容清新，不同凡響，創刊兩季後，就有電視主持人請他上訪談節目，談談他對新聞事業的理想。

一九九五年五月起，季刊改成月刊，算是稍稍站穩了腳步。韓布林目前正籌集一百萬元，做為擴版的經費，他希望在編輯部門增進三名核心幹部，同時加緊推廣，使訂戶增加到十萬人。《世界時報》一年十二期，訂費五十元，比《時代》周刊和《新聞周刊》打了折扣的全年訂價略低，但那兩本雜誌是周刊，銷路幾百萬份，《世界時報》在經營上很難跟它們相提並論。

《世界時報》在報頭下標明：「好新聞的報紙」(The Good News Newspaper)。從報導的事件中，顯現人性的善良和社會的溫暖，從而讓人覺得一切都有希望。好新聞如印度推動防疫工作獲得成功，如美國黑人教會改善鄰里關係著有成就等，都是信而有徵的事實。

「壞新聞」一律不刊

在「壞新聞」方面，韓布林也有具體的規定：

△凡是犯罪新聞，如強暴案、謀殺案、亂倫案等，一概不登。

△像足球明星辛浦森涉嫌殺妻一案的審理，轟動全國，新聞界爭相報導，不遺餘力；此報獨家不登。

△凡是消極性的經濟預測新聞，不登。

△華府政壇僵持不下，以致政務停滯，一概不登。據此推論，像我國立法院裡打架和謾罵的醜聞，當然也不登。

△俄克拉哈馬市聯邦大廈被炸，屬於犯罪性質，所以也不登；但有一條新聞報導當地人士攜手合作，救災復建的情形。

△有關天然災害的新聞，也被認為消極性；要登的祇是能使人受到鼓舞的抗災、救災活動的新聞。

△連報導壞天氣的新聞也不登。

這樣自訂的準則，似過分刻板，積極與消極的界線如果劃得過嚴，恐怕很不容易執行，韓布林自己便有過這樣的經驗。他說，「幾個月前，我們策劃一篇專訪，有某女士在少年時曾被強暴，後來她自己投身慈善工作，專門救助具有和她一樣不幸經驗的青少年，很有成績。負責執筆的記者，祇寫出她興辦慈善事業的那一段。我就告訴他，『這不行，你必須寫出完整決定的經過，那位女士經歷了甚麼遭遇之後才決定獻身社會福利工作的。』」

韓布林說，目前各地大報，對這類新聞的報導，大都是著意於強暴事件的渲染描繪，談到女主角痛定思痛、獻身救人的情節，往往輕描淡寫、一筆帶過。他認為這是新聞界的失職。

過分理想引起質疑

韓布林說，在《世界時報》內部，工作人員討論的重點，常常集中在：某些新聞裡包含了太多消極性因素，是否還應該發展？而不是說，某些新聞有「驚人」的效果，有助票房，所以才配稱為新聞。

這一段話，頗值得今日的新聞工作者深思。

當然，《世界時報》這種過分「理想化」的辦報方式，是否經得起現實的考驗，已引起若干行家的懷疑。新聞評論家卡茲(Jon Katz)的話最為簡單明瞭，他說，「刊載很多好新聞的報紙，不見得就一定有好銷路。」這個世界本來是光明與黑暗並存，完全把「黑暗面」視為並不存在，讀者未必信服。

當白報紙大漲、生產成本提高，而電子媒體競爭激烈之時，報業經營本已困難重重，《世界時報》同仁全憑著滿腔熱忱，一股信念，「雖千萬人吾往矣」的精神固然值得敬佩，但這一場試驗能進行多久，日後能得到甚麼具體成果，目前都很難說。

世界並非那麼壞

重要的是，《世界時報》的出現，適應著某些讀者的需求，也可說是應運而生。有位女讀者說：「我一直要作一個樂觀的人，可是，從廣播、電視、報紙上所見新聞，實在樂觀不起來。《世界時報》提供另一種景象，讓我們覺得，這個世界原來並不是那麼壞。」看厭了暴力、戰爭、災難等新聞之後，讀者需要一些積極性的報導。

在美國，目前有一種運動在醞釀之中，名之為「公共新聞學」(Public Journalism)。希望新聞界對社區的、政府的積極性報導也能適度增強。有漸漸增多的人士認為，不負責任的新聞媒體，過度誇張消極性、黑暗面的新聞，破壞了民主政治。公共新聞學應該就是公民新聞學。明達負責的公民，與新聞自由和政治民主之間，具有密切的互動關係。如果大多數人都喜歡從報紙上去找刺激，也就難怪新聞界阿世媚俗、譁眾取寵了。

薛心鎔兄與我這一輩，都曾把一生中最美好的歲月和精力，奉獻給新聞事業。從基層晉入領導階層，一直是遵循生平所學所信，全力以赴，未敢稍有懈怠。心心念念，都是希望報紙的發展，於國族人群有利。今日回顧數十年間的努力，檢視臺灣社會的現況，不禁令人感慨系之。「枉拋心力作報人」，師友前賢的傳承，同輩們嘔心瀝血的奮鬥，如今似乎都成水流花落般的夢幻而已。

即使失敗後繼有人

《世界時報》成功的希望甚渺，失敗的可能極大。但，祇要世間仍有人相信報紙不應祇是為聳動新聞而存在，而是要給人間以希望和鼓舞，則這種積極性的嘗試仍必後繼有人。

原刊於民國八十五年二月《新聞鏡周刊》三七八期

敬業的記者

——湯瑪斯女士採訪新聞五十年

新聞學是一門學問，也是一種藝術。新聞學裡必須有抽象的理論與原則，但同時其中更須有人，有人的感情。這人的感情部分，無法用理論的條條框框去約制，而惟有透過「人」的具體行為來表達。

很多同業先進都同意，新聞事業健全發展的要素之一，是新聞記者的專業化，這話說得容易，真正做到就很難。我想舉一個實例，比談「專業化」之必要更有意思。

電視上報導柯林頓總統在白宮的記者會，總統在講臺上侃侃而談，臺下眾家記者運筆如飛，埋頭苦記。坐在第一排中間一位穿紅衣的老太太，也同樣熱心地履行職務。這位女士資深望重，她就是合眾國際社的白宮特派員海倫・湯瑪斯(Helen Thomas)。

五十餘年敬業不倦

湯瑪斯女士從事新聞工作五十餘年。從甘迺迪總統以來，她就採訪白宮的新聞，自一九六〇年代至今，計有甘迺迪、詹森、尼克森、福特、卡特、雷根、布希，以至現任的柯林頓，三十六年間八任總統。當尼克森一九七二年前往中國大陸進行所謂「破冰之旅」時，湯瑪斯女士是惟一同行的文字記者。

記得老友蕭樹倫先生在世時，聚談時偶而開開玩笑。有的朋友故意嘔他，說他無論怎樣努力，總是通訊社中的「老二」，因為美聯社的規模比合眾國際社大得多。樹倫說，「那也不見得。」照他的說法，美國新聞界採訪工作是以白宮為首要重點，白宮記者中的「龍頭」，就屬於合眾國際社。他說的就是這位湯瑪斯女士。不論白宮主人是誰，也不論是哪一黨當權，每次的總統記者會中，領先發問提出第一個問題的就是她，約定的時間到了，或緊要問題談完，大家急著要趕去發稿了，最後站起來說：「謝謝你，總統先生」的，也是湯瑪斯女士。這種尊重資歷的傳統，一方面可以免得同業間相爭不下，另一方面也是用事實凸顯了對真正專業的先進之敬意。

湯瑪斯曾接受西岸一家報紙的採訪，用一問一答的方式，講她採訪中的心得，相當有趣，摘要選譯幾段以供參考。

記者問：柯林頓總統的有關新聞，可有甚麼使妳感到意外之處？

湯瑪斯答：我很早就發現，他這人心術很正。他有志做好事，是一個「以民眾為導向」的人。不過，他那些年輕的幕僚，年富力強，十分熱心，從事競選活動是很好的，進白宮處理天下大事可就力有未逮。我認為這是一項基本錯誤。

沒有所謂「速成總統」

沒有所謂「速成總統」那回事。當總統的人必須身邊有真正的行家，他們懂得許多事件的前因後果。我認為，柯林頓上臺以來遭遇的一些困難，都是因為他沒有堅強的幕僚群支持。

柯林頓後來找到潘尼塔出任白宮幕僚長（此人任眾議員多年，算得上政壇老手），重整幕僚的紀律，明確規定了工作重點，情況已有改進。不過，不幸的是，初期那一段已使柯林頓總統大為困擾。

在白宮，一直有「控制新聞」的情況發生。記得雷根剛就職時，他作風隨和，善與人交。

記者們跟著他走進橢圓形辦公室去照相，同時有人提出許多問題，當他要回答時，幕僚們從旁示意阻止，因為他們不曉得他會講出甚麼話來。後來他們教了他一招，遇到問題就說：「現在可不是記者會呀。」有一次碰上重要事件，我們問雷根，他說：「我不能回答。」記者們追問不捨：「為甚麼不能回答？」他說：「因為他們不讓我回答。」記者們就說：「可是，你是總統啊。」

白宮事祇知百分之十

問：和對待柯林頓的方式相較，新聞界就那麼容易讓雷根脫了鈎嗎？

答：我倒不覺得我們讓他輕易脫鈎而去。他很小心，曉得子彈從哪兒射出來。而且，他是個大家都喜歡的人物。就以伊朗的軍火密約案說吧，他做的正是每一位總統都做的。當醜聞發生，白宮屋頂上烏雲密佈之時，他就躲到地底下去了。

問：妳和那麼多任政府的新聞來源打交道，難免會跟這一個集團比較親近，而又不致引起另一集團的不滿，妳是怎樣辦到的？

答：新聞記者不會走得那麼近。就算你有心要和他們那樣親密，他們也不會讓你進入核心。

記得布希總統的新聞秘書費茲華德(Marlin Fitzwater)說過：「白宮裡的事情，新聞界祇知道百分之十。」我認為他說得相當正確。新聞是很珍貴的，我採訪過的政府都很重視保密，恨不得牆上都印上「極機密」的字樣，真是令人難以置信。我曾問費茲華德那「百分之十」的談話。他說：「我那句話還沒說完，下半句是：另外百分之九十根本不值得知道。」

問：妳能否舉一些實例說明，官方列為極機密的東西，有那些應該讓大家都知道。

答：所有的東西，除了有關國家安全之外的任何事情。一切都應該打開來公諸天下。以健康保險案的改進計畫為例吧，就是一場災難。政府最初拚命要保密，後來反受其害。保密是一條雙向的大道，它也會有所回饋，當你把一切都攤開來讓大家看的時候，就可以得到各方的反應，引起與公眾之間的對話。他們可以由此得益，明白真正的「敵人」是誰。

迄今不知深喉是誰

問：妳對於「深喉」(Deep Throat)有沒有 套看法，究竟他是甚麼人？(所謂「深喉」，是一個神秘的代號。此人隱身不出，但把尼克森在水門案期間的秘聞，都透露給新聞記者。水門案情真相逐漸曝光，終使尼克森不得不黯然掛冠，這「深喉」實是關鍵人物。但究竟是怎樣的一個（或多個）人物，至今仍未有人指證清楚。）

答：如果我知道，我早就寫出來了。我真的不曉得。

問：妳以為「深喉」是一個人嗎？

答：我認為剛開始時祇有一個人，後來就分向許多方向發展了。

問：甘迺迪據說有很多女朋友，柯林頓總統也有許多女朋友，為甚麼甘迺迪若無其事，柯林頓就鬧得滿城風雨呢？

答：過去，有一些不登大雅之事，都沒有鬧出來。現在不成，因為世界變了。我們的社會行為模式變了。人人都被電視鏡頭照著，沒有甚麼事是神聖不可侵犯的。再也沒有甚麼君子協定，從前，有些事情不會被記者報導出來。像羅斯福總統因小兒痲痺症不良於行，腿部裝有支柱支持，攝影記者從來不照他的腿。今天就辦不到。有些事我們不去報導，自有那些內幕小報或其他人會寫出來，我們反而也要去追，否則外間會指責我們存心「保護」總統。今天，任何一個人要競選公職，他的生平往事等於是一本攤開來的賬本。我曾說過，如果你有意競選，最好在年方五歲時就做了決定，而且從那時起就得規規矩矩的生活。

每位第一夫人都有影響力

問：妳對於柯林頓夫人在政策上的影響有何感想？

答：她很有影響力，其實，所有的第一夫人都很有影響力。柯林頓夫人站在眾人面前，她是自從羅斯福夫人以後最積極承擔公共任務的一位第一夫人。柯林頓總統對於這情況很滿意，他並沒有男性中心那種有害的觀念。不過，一般人民可能會想，她並沒有被選出來擔任公職，她在那兒搞些甚麼？不過，總統對她很信任，常常聽取她的建議。她的影響力就發生作用了。其實，我採訪過的每一位第一夫人都有這樣的影響力。

問：柯林頓當選連任的機會如何？

答：我從來不認為任何人是毫無希望的。布希總統在一九九一年民意調查中的支持度高達百分之九十（可是一九九二年大選他落選了）。

問：妳認為哪一個總統領導的政府是大有為的？

答：很幸運的是，在美國，一個人如果沒有相當高的能力，不會被選為總統。不過，有些人注重外交，有些人重視內政。像詹森總統就是很重視內政的一位。他就任總統的頭二年，也由於甘迺迪被刺殞命之後在民間引起的震盪，使他得到了極大的支持。醫藥保險、黑白平權、投票權、聯邦對各級教育的支援、公共住宅，以及各種環境保護的法律，都在他任內發端。規模之宏遠，令人難以相信。可是越南戰爭是他未能解決的難題，最後使他下臺。

布希總統是另一個例證。他在外交方面很有成就，可是國會通過的有關內政的法案，遭致否決者有四十項之多。在我採訪過的總統中，甘迺迪是最富於想像力的一位，其餘幾位都很務實。

卡特母親令人印象深刻

問：妳可記得起來採訪過程中有甚麼幽默的話題嗎？

答：近年來沒甚麼特別有趣味的事。對了，卡特總統的母親「莉蓮女士」(Miss Lillian，她喜歡別人這樣稱呼她)，是我最喜歡的一個人。當卡特當選總統之後，有一個記者問她，「妳是否以妳的兒子為榮？」

她回答說，「你說的是哪一個兒子？」又說，「有時候，當我看著我的孩子們，真希望我仍是一個處女。」

卡特在競選時，極力強調他從不說謊。有個法國女記者就想從老太太口中套一點兒新聞。她問莉蓮女士，「妳說謊嗎？」，莉蓮女士說，「我可能會說一些沒甚麼惡意的小謊言。」

「甚麼叫作沒甚麼惡意的小謊言？」

老太太被問得不耐煩，就說：「妳記得嗎？當妳走進門來的時候，我曾告訴妳說妳有多麼好看。」

季辛吉的幽默是另一種味道。有一個婦女走來對他說：「啊呀，季博士，多謝你拯救了這個世界。」季辛吉說：「妳不必客氣。」

季辛吉也拿特勤人員開玩笑，他說，恐怖分子可能會綁架他，保護他的特勤人員卻說：「放心吧，我們決不容許他們把你活捉了去。」

身為女性確曾遭遇困難

問：當妳剛剛開始當記者時，可曾因為妳是女性遭遇到甚麼困難？

答：當然有。早年對女性歧視十分嚴重。第二次大戰是一個轉捩點。因為年輕力壯的男性都應徵入伍打仗去了，他們留下來的工作祇好由婦女接替。合眾國際社也用了八到十個女性職員。可是戰爭一結束，有八個立即解聘。我倖能保住位子，因為我每天要清晨五點半就上班，沒有人想幹我那份工作，我才保住飯碗。

白宮記者聯誼會也同樣存有偏見，這個會存在的惟一理由，是每年舉辦一次餐會，總統是被邀請惟一的貴賓。我們幾位採訪白宮的女記者也都是會員，每年交兩塊錢的年費，也就是會餐時的餐費，宴會的日期近了，會裡卻通知女記者們「恕不接待」，我們當然吵起來，「我們都是會員，你們怎敢不許我們參加？」於是找到白宮新聞秘書沙林傑，告訴他：「如果女記者不准參加，我們認為美國總統不應該吃這頓飯。」沙林傑報告甘迺迪，果然傳出話來，說總統「不克出席」。後來，女記者都入席進餐，甘迺迪也來了。當年的情況就是這樣，每一扇門都得一一打破。

問：電子新聞和所謂新聞高速路，對妳報導新聞有甚麼影響？

答：我想，就「即時性」而言，我們比電視稍遜一籌。這是無可置疑的；但報紙總還是有它的地位。

每天都在採訪歷史

問：妳對白宮特派員這份工作，最喜歡和最不喜歡的是甚麼？

答：我愛我的工作，我真覺得十分幸運，我每天都在採訪歷史。我們所寫的，所看到的，都將進入未來的歷史書中。能坐在樂隊席之旁就近觀察，真是了不起的特權，我最不喜歡的是種種限制，其實並無必要。我認為新聞才是最重要、最寶貴的。

※　※　※

海倫・湯瑪斯女士不僅是白宮眾家記者的龍頭，在華府也成為一「景」。誰說美國祇愛新奇？他們以「敬老尊賢」的方式，讓她做了這麼多年的龍頭，其中也有敬重女性資深同業先進的深意。

臺灣現在還有沒有採訪五十年的記者？這不僅要看個人的志趣和毅力，也和社會背景、工作制度有關，幹了五十年未必就是好記者，但這份執著總是了不起的。

原刊於民國八十五年三月《新聞鏡周刊》三八五期

第三輯

海外生涯

愛之船訪冰川

——阿拉斯加旅行散記

行萬里路，勝讀萬卷書。古人有此見地，證明我們中國人並不衹是「三更燈火五更雞」的苦讀者。生活的實踐比讀書更重要，尤其是旅行到從前沒有到過的地方。

阿拉斯加是美國第四十九州，也是面積最大的一州。當地土著阿留申人語言中，阿拉斯加(Alaska)就是「廣大的土地」之意。美國人也稱之為「最後的邊疆」(The last frontier)。這片土地廣袤五十九萬多方哩，相當於四十個臺灣的面積。全州人口不過五十來萬，的確是地廣人稀的邊疆。

三十六年前我第一次來美國，首先著陸的地方就是阿拉斯加。一九六〇年九月，我從臺北起飛，當時還沒有直達的班機。西北航空公司的客機是先到東京，小停安科拉治，再轉往芝加哥。安科拉治現在是阿拉斯加第一大埠，三十五年前卻是一個很不起眼的航空站，機場上看到的祇是一些臨時性的活動房屋。

後來又一次從臺北飛紐約，飛越北極線，中間在費爾班克停留，費爾班克便是阿拉斯加州的首府。

這兩次給我留下的短暫印象，阿拉斯加是很冷很冷的地方，「胡天八月即飛雪」，冰天雪地之外，大概沒有甚麼可以觀賞的了。

大前年夏天在臺北，老友甘毓龍兄召宴，席間談起退休後的旅行經驗，他盛讚乘輪到阿州的海上之遊，很值得回味。我把他的話記在心中。去夏晶兒休假，為我們安排了十三天的行程，孫兒小遠隨行，一家人玩得很輕鬆。

我們乘的船「窈窕公主」(Fair Princess)，屬於P & O Co.，在賴比利亞註冊，經營的總部則在洛杉磯。旗下共有豪華客輪九艘，分別航行五大洲不同的航線；北上阿拉斯加，南下拉丁美洲，是經營的重點。電視上有「愛之船」影集，就是以這家公司的船作底子。所以，它們的一句宣傳妙語是：「這不僅是一次海上遨遊，這是愛之船。」(It's More Than A Cruise, It's The Love Boat)。

「窈窕公主號」重約二萬五千噸，全長六百零八呎，可載客八百九十人，工作人員四百餘人。從最下一層的「假日甲板」(也就是設有電影院的那一層)，到最高的「陽光甲板」，共十一層。剛剛上船時，覺得不僅是走進了一座十一層樓的大廈，更彷彿是置身於一座千門萬戶的海上迷宮，「了不知南北」。

船上有兩個大餐廳，一間披薩小館，四五處酒廊（其中一處有秀場，晚上有表演節目。另兩處有可以跳舞的舞池）。有三座游泳池、一個迷你型圖書館、衛生中心（有一位醫師和兩名護士）。還有一條商店街，開了六七家小商店，賣衣服、化妝品和各種紀念品。商店街上有一家小型賭場，擺著幾十部吃角子老虎和五張打撲克的檯子。

船行在大海中，真所謂「滄海一粟」，不勝其孤零之感。船上每天早晨都有宗教祈禱活動，天主教、基督教、猶太教，輪番舉行。天主教徒人數最多，似乎也最虔誠。不過，神父或牧師們講道，就在電影院或酒廊裡。上帝想來也可以接受這種權宜之計。

船長史卡諾(Guiseppe Scano)，義大利人，從海洋學院畢業，大半生都在海上工作。留著小鬍子，文質彬彬。業餘喜歡照相、打獵、釣魚，蒐集各型槍械，但同時又是「保護野生動物協會」的會員。

四百多船員中，分屬十幾個國家，「我們可算是小型聯合國」。東方面孔大都是菲律賓人。主事的仍是義大利人為多，從大副到大廚，義大利風味是主流。四百多船員裡，美國人祇有二十幾個。

平均每兩位旅客就有一個船員，每一位旅客有五十方呎的甲板空間，這是「愛之船」的特色。

全程三千五百三十五浬的航程中，每天都有些意料不到的發現，回想起來，餘味猶存，逐日記載，以誌雪泥鴻爪之意，有些事也可供後來者參考。

七月十一日（星期二）

天氣晴

華氏七一度—五五度

今天是啟程之日，船公司早幾天通知應於中午一時半到舊金山第卅五號碼頭登輪。垚兒駕車送我們。沿著海灣，共有四十多個碼頭分列，雙數在右，單數在左，路線很清楚。開進碼頭後，交運行李，在櫃檯報到，有關表格事前都已填好，這時就分配我們的艙房號碼，隨即登輪。這層手續和上飛機、住旅館相似。人進了房間，衣箱也就送來。一切比我想像的來得簡便。

我們住的客艙，斗室之中兩張單人床，兩床之間是五斗櫃和鏡子，一張小沙發，兩個衣櫃；然後便是浴室。雖十分緊湊，但比我在東京住過的第一飯店還寬敞些。

住定後第一件事，便是各人拿著衣櫃裡那件橘紅色的救生衣，分別到指定的集合站參加講習。幾個船員站在講臺上示範，告訴大家萬一發生緊急災變時，就要穿上救生衣到這集合站來。各集合站都有編號，與救生艇配合。一條救生艇坐一百二十個人，小艇上畫著許多圓圈圈，那就是「尊臀」安頓之所。

講習完了，女船員們幫助旅客試穿救生衣，每人都搞清楚之後才解散。幸好此行平安，沒有用上這套設備。

下午四時，窈窕公主號離開金山，旅客都到甲板上觀賞海景。四點五十分，船從金山大橋下徐徐駛過，岸上許多大建築，某保險公司金字塔型的大廈，電報山上的圓塔，歷歷在目。夕暉映照，光華萬千，和平常在岸上所見又自不同。

第一頓晚餐，因時間匆遽，一切從簡。各人依照排定的班次和席位進餐。兩處餐廳都設在翡翠甲板，可容三四百人，所以全部旅客要分為兩班入席。我們排在第二班。午餐一時半，晚餐八時，早餐則到甲板上吃自助餐，比較爽快。

白天忙碌了一天，晚飯後看看書便安寢。

七月十二日（星期三）

天氣晴

華氏七一度—六一度

大海航程，對於氣象變化特別關心。船上每天凌晨便送來氣象報告，一張明信片大小的卡片，從門縫下塞進來。報告當天的陰晴和氣溫變化，以便旅客作各種準備。

船上有兩種出版品，一是「公主密語」(Princess Patter)，十六開四頁，都是報告當日各種節目，如電影一天三場，每天換片，片名和演員介紹等。又如晚間表演節目的內容，商店裏特別減價的項目，酒廊裏當天的雞尾酒介紹等。還有許許多多的聚會、賓果、教舞等，幾乎每個小時都有些花樣，讓人無事也忙。

另一份是「紐約時報電傳版」(Times Fax)，十六開八頁，是時報編輯部選擷重要新聞再加精簡，在紐約編好，電傳給全球各海面的船艦上；各船收到後自行印發，每天上午十一時前分發到客房裏來。

我讀新聞、教新聞、從記者、編輯，到社長，作了大半輩子新聞記者，也曾到《紐約時報》總社參觀過幾次，雖知道有這個電傳版，但並沒仔細看過。這次海行十三天，才算真正受益。這份小小的報紙，內容有要聞、國際、國內、體育、商情和評論版；連每天的填字謎也有，真是「麻雀雖小，五臟俱全」。報紙是現代人必不可缺的精神食糧，此行中尤感深切。

今天全天都在海上，四顧茫茫。早起在甲板上散步，許多工人在作清潔工作。窈窕公主是一九五七年在蘇格蘭建造的，船齡已近四十年，據聞今年內就將退休；但船身內外始終保持整潔如新的面貌，欄杆上的黃銅什件，一一光可鑑人。甲板上的白色躺椅，纖塵不染，這都是工人們「時時勤拂拭」的成績。

一早在甲板上排隊吃早餐，這層甲板稱之為「散步甲板」(Promenade Deck)，是旅客們活動最多的地方。後甲板上排出許多餐桌，食品櫃臺在左右兩列，首先是水果，有西瓜、密瓜、葡萄柚、桃、梅等；美式早餐有炒蛋、火腿、香腸、洋芋條等。中間是咖啡、茶、果汁等供應飲料的機器。再一排是歐洲大陸式早餐，甜點、玉米卷、丹麥甜餅、鬆餅、麥片、牛奶、乳酪等，清冷的空氣有助食欲，每個人都吃得很多。我們對這種自助方式都有好感，此後幾乎沒有進餐廳用過早餐。

健身房裏有種種健身器材，並且有專人指導。室外另有兩位女輔導員，鼓勵大家參加慢跑和快走兩項。從左舷到右舷，往返四回便是一哩。為了激勵士氣，每走一哩輔導員發給一張小小的證書，憑這張紙頭在船上買運動服裝時，可以抵價。有人算過，要走六十哩路，即二百四十個來回之後，才可以白得印有阿拉斯加字樣的運動衫一件，相當辛苦。

我每天早晚都要散步，總是選人很少的時候，悠悠閒閒信步所之，不必計算多少時間、多少距離，也不必領證書，這才能享受到散步的趣味。

全天都是陽光燦爛，晒得人暖洋洋，各層甲板上躺著、坐著都是穿了泳裝晒太陽的人。我們晒了一陣太陽，又到圖書館看看，架上的圖書任人取閱。擺著成套的《讀者文摘》名著精華。另一個架上有各種棋類和紙牌，老太太們各霸一方，對陣廝殺，興趣甚濃。

我們各處走走，熟悉熟悉環境，方向弄清楚，就不必老是查地圖。

晚餐是正式的迎賓宴，船長和旅客們見面，氣氛融洽。侍者們穿著嶄新的制服，笑面迎人。晚餐有雞湯、沙拉，主菜是阿拉斯加出名的鮭魚或烤鴿子。為了助興，我也破格喝了一杯紅酒。

飯後再到頂層甲板，今天是農曆六月十五，一輪滿月當頭，可惜雲遮霧罩，明月時隱時現，想到「海上生明月，天涯共此時」的詩句，有飄然物外之感。

回想我與史棻一九四九年七月十二日戰亂中結婚，至今天恰滿四十六年。經過了多少顛沛流離的歲月，總算都熬過來了。在這憂患如山的大時代中，個人碌碌無所成就，兒輩幸已成立，孫兒也十三歲了。哀樂中年，俱成往事，如今寄寓域外，靜度晚年，漸近於「雨中黃葉樹，燈下白頭人」的境界。攜手同遊，相慰平生。夜深人靜，格外有一種感恩的心情。在靜謐孤絕的大海上，才更適宜反省、深思。

七月十三日（星期四）

晴後雨

華氏七十度—六二度

今午船抵維多利亞市，屬加拿大國境，所謂英屬哥倫比亞，僑胞譯為「卑詩省」，維市便是省會。自一八四三年開埠以來，市政建設斐然可觀。街道樓舍，整潔幽雅，有濃厚的英國風格，此地方為全加國最暖和的地方，所以退休老人定居於此者最多。

我們下船後乘計程車進城，約六元車資就到市中心的女王飯店，此處是觀光客聚會之所。路樹和燈柱上都懸掛著五顏六色的大花籃，港口帆檣如織，遊客甚多。女王飯店的下午茶據說很考究，因時間關係未得品嘗。市內有一皇家博物館，取法大英博物館具體而微。因參觀者眾多，需排班進入，每兩小時換一班。

街頭閒逛一陣，微雨中回船。這是此行中第一個登陸地點，體驗一下以船為家的味道。

晚餐吃烤鴨杏仁滷，大廚力荐通心粉，稍嘗了一小盤，對於起士味道尚能忍受，但也說不上甚麼好來。

酒廊有一位口琴師吹奏，一小時草草混過，無甚精彩。此後我們很少再去觀賞表演節目了。

七月十四日　星期五

天氣晴

華氏七三度—六一度

夜來沈睡，連續有夢，夢見一老友送我一件衣服，好像又回到了臺北。又恍惚和大陸上的老友重逢話舊，真所謂「夢裏不知身是客」也。

今早八時，船到溫哥華，這是加拿大的第三大城（排在多倫多和蒙特婁之後），工商輻輳，人口一百六十萬。

此城的命名，是為了紀念一七九二年首先航行在這海面上的溫哥華船長。此地氣候溫和，與舊金山相似，依山面海，風光壯麗。近年從香港和臺灣來的移民很多。我們參加一個觀光團，司機兼任「地陪」，駕車巡遊市區，穿過中國城。溫哥華有幾座名園，以史坦萊公園最負盛名，一說比紐約的中央公園還大。遊覽車在公園裏轉來轉去，在圖騰柱前照相；那些圖騰都油漆得煥然一新，看來大概是仿製品。

園中古木森森，花卉盛開，芳草如茵，遠遠望去，真像是一片錦繡。有一個植物保護區，上面罩著巨型透明的圓頂，區內廣植各種奇珍異草，都是加拿大本國沒有的。熱帶的棕櫚樹，在這兒居然長得很好。還有些不知名的大樹，枝繁葉茂，頗為壯觀。加拿大人甚以這個保護區自豪，「因為我們做到了不可能的事情。」戡天役物，驅遣自然，即此之謂。

下午回到船上，陽光亮麗可喜。憑欄眺望，默默與溫哥華告別。岸上有樂隊演奏送別，彼此揮手致意，漸行漸遠，又是一番海角天涯。

過溫哥華，繼續北行，使又回到美國境內。

七月十五日　星期六

天氣晴

華氏六五度—五九度

早餐後，到行政室取回護照；上船時交他們去辦手續；約定在離開加拿大之後領回，以後就用不著了。

散步時，聽到船長向全船廣播，有一位旅客突發重病，急需輸血；船長決定改變航線，送那病人上岸，再由直升機運送就醫。「情非得已，請大家鑒諒。」在這種緊急情況下，救人第一，大家皆無異議。

今天船行內線航道(Inside Passage)，大部分時間都可望見青山隱隱，猶如一髮。一改航道，就弄不清方向了。

午後看了一場電影，是新版的「小婦人」，名著改編，果然有戲，比多年前看過瓊愛麗遜主演的那一部更為親切。

晚餐是「義大利之夜」，海鮮居多，餐廳中懸燈結綵，甚為熱鬧。飯後有「百老匯晚會」，衹是有那麼個意思就算了。

因跨越時間區，今晚時鐘撥慢一小時。

七月十六日　星期日

天氣陰雨

華氏六四度—五七度

原定中午到朱諾(Juneau)，我們預定了上岸後要去觀光的節目，但因航程延後，那些節目都取消了。一早起來就接到預報，窗外細雨瀟瀟，氣溫下降，而且風生浪起，感到船身有些搖盪，幸而午後便平靜了。

無事可作，衹好讀小說，佛西斯(Frederick Forsyth)的《騙徒》(*The Deceiver*)，寫的是英

國情報機關的一個英雄人物，在冷戰結束面臨強迫退休的命運。書中四個故事表明他的忠勇敏決，「這樣的人才，到甚麼時候都是需要的。」寫得相當緊張。

下午七時許到達朱諾，吃過晚飯才下船。出了碼頭區第一眼看到的是市立圖書館，因此印象不錯，想不到邊陲地帶的「觀光點」上文風甚盛。

朱諾是一個極有特色的市鎮，全市祇有三萬居民，可是市區竟廣達三千一百零八方哩，是南北美洲最大的。在全世界也僅次於瑞典的基魯那 (Kiruna)，那兒面積有五千四百五十八方哩。

一百多年前，兩個勇氣過人的拓荒者，朱諾 (Joe Juneau) 和哈瑞斯 (Richard Harris)，由土著印地安人引導，翻山越嶺，到這一帶來淘金，經歷了無數挫折，終於找到了「像大豆一般大小的金塊」。

此後的淘金潮，一波又一波，在這個地區發現了三座大金礦。到第二次世界大戰結束時，朱諾地區發掘的黃金價值一億五千萬美元。後來黃金雖已採光了，但朱諾一度成為阿拉斯加的首府，是號令四方的政治中心。

漁業也有相當規模，在蓋斯提諾孵化區，年產鮭魚一億六千二百萬條。

朱諾已接近冰河區，最有名的是門登浩爾冰河 (Mendenhall Glacier)。河面寬達一哩半，積成幾百呎厚的雪嶽冰山，這是世界上唯一一座遊人可以從陸上走近觀賞的冰川。

在朱諾原來排出的觀光項目，從A到O共十五種，有的是乘小飛機淩空俯瞰，全程兩小時，每人收費一六一元。有的換乘小艇去「接近」冰川，三個半小時要九十四元。這些花樣一則安全可慮，二則索價稍昂，我們本來就沒打算參加。選定陸上遊覽，又因時間不夠，在市區走走就算了。

朱諾市內不過兩條大街，店肆大部分是飯館、酒館、賣紀念品的小店，也有一家電影院。在此發信給幾位朋友。買了一頂小帽，繡著阿拉斯加和朱諾的地名，卻是菲律賓作的。逛到十點鐘回船，天色尚未全黑，越往北走，越是晝長夜短。朦朧睡去，午夜十二時又開航了。

七月十七日　星期一

天氣陰雨

華氏六四度—五五度

天剛破曉，窈窕公主已在斯卡圭港內停泊。港灣內四山環抱，好像看不出我們的艨艟巨輪怎麼開進來的。雖然晨間霧氣甚濃，仍可看到山巔積雪，飛瀑流泉，像一幅水墨山水畫。

斯卡圭(Skagway)是百年前淘金客進入山區的第一站。一八九八年是斯城的全盛時期，四方湧來的淘金客麕集，約有兩萬人；另有一萬人住在城外的帳篷裡。進入二十世紀之後，地下金盡，尋金者夢醒了，紛紛遷居。

到今天，斯城的居民不到一千人。

我們上午上岸，大街祇有一條，街名倒是很堂皇的百老匯。沿街三步一樓，五步一閣，有些掛著招牌，說明此處是當年最好的餐館、賭場、酒肆；還有一處是惡霸史密斯與人決鬥而喪生的現場。這些話祇好姑妄聽之了。

城中有一座博物館，陳列的都是當地開發史上的有關實物。這座博物館最早是法院、女子學校，也作過監獄。現在樓上是博物館，樓下是市政府辦公的地方，也算歷盡滄桑。

館中陳列品大都和漁獵、淘金有關，器具多簡陋粗重。有一些早年的照片倒很有趣。一幅照片留下當年社交名流開舞會的情景，一大缺憾是男多女少，太太小姐們一來就無法停下腳，要跳個通宵才行。

回船後吃自助餐。飯後看了一部梅莉．史翠普主演的「大河」，不錯。

午間又有一位老者發病，被人用擔架送下船。斯城當地沒有醫院，必須送回朱諾。旅途如人生，平安即是福。不過，這種福氣平時並無何印象，到出了毛病才感覺得到。平平淡淡，即是平安。

紐約時報電傳版報導，各地溽暑逼人，芝加哥因停電關係，有三百位體弱多病的老人不幸熱死。相形之下，海上風濤，反得避暑的佳趣了。

晚上是「法蘭西之夜」，洋蔥湯和煎田雞腿，尾食有火燒冰淇淋，孩子們大樂。

七月十八日　星期二

天氣陰雨

華氏六六度—五九度

在全程中，今天天氣最壞，不僅下雨，而且很冷。今天也是我們最接近冰川的一天。船駛到亞庫塔海灣（Yakutat Bay），祇見海面上浮冰積雪，大塊大塊飄流下來，有的體積像一艘小艇，海水黑藍，冰塊是白中透青，有的晶瑩如玉，也有的像沾了泥的柳絮，緩緩地從船舷邊流去。

亞庫塔海灣是此行中所到最北之處，天氣特別冷，帶來的厚衣服全部穿上。下午二時到達海灣邊緣，可以望見胡巴冰川（Hubbard Glacier），祇見一座白皚皚、森森然的冰雪長城。此生從未見過這樣「完整」的冰雪。六、七、八三個月份，是阿拉斯加最暖和的季節，冰雪稍見消融，海面上的冰塊雪堆，就是從冰川和高山融解下來的。九月之後，又是祁寒，所以這些人間罕見的冰川，永遠不會化光。

在甲板上照了一些照片，離得太遠，無法盡得纖毫，祇能說「觀其大略」，留供日後回想而已。

同行數百旅客中，甚少見東方人。今天午餐後遇到一位林先生，上海人，來美已四十餘年，早年到過臺灣。多年來主管雜誌發行，退休後住在中西部。他告訴我們，他和太太都是二度結婚，兩人各有兒女，第三代的孫兒女已有十一人。林先生在上海時讀聖約翰大學，上海話仍甚流利。家中原有兄弟姐妹多人，凡是沒有出來的，情況都很悽涼。

晚餐規定盛裝，大概是白天的航程太單調，藉此調劑一下吧。飯後去玩了一陣吃角子老虎，這次兩個人都小有斬獲，算是難得的好運。

七月十九日　星期三

天氣晴

華氏六四度—五五度

從亞庫塔灣以後，窈窕公主駛行方向由北而南。今晨七時半，在西特卡(Sitka)港口下錨。

這個小小的冷落漁村，卻是兩百年前美俄兩大勢力交手的第一個戰場。

上岸前先聽簡報，這個地方長一百哩，闊四十哩，居民約萬人，主要經濟活動是漁業和林業。教育事業辦得相當起勁。阿拉斯加全州有五所大學，有一所阿州東南大學就設在西特卡，雖祇是兩年制的短期學院，也算很不容易了。

此地港灣較淺，巨輪停泊海中，由渡輪接駁上岸。碼頭上有各界代表列隊歡迎，有穿著愛斯基摩裝的原住民，也有穿著俄式皮大衣的少女，散發地圖等宣傳品。

遊覽車是中型巴士，可乘三十人。司機是一位女士，能言善道，滔滔不絕，相貌和聲音都像喜劇演員卡洛・班奈特。她一路介紹本城名勝古蹟，也談談一般民生。據她說，本城汽油一元四角九分一加侖，比加州略高。普通住宅需十七萬元，面對海景的三房一廳要四十萬元。以前有外來的人買了海濱房屋作度假之所，近兩年銷路甚差。以前聽說阿州的中小學校教師待遇較好，平均年薪在四萬元，為的是吸引優秀人才；可是這位女司機說，教師年薪祇有一萬三千。不知確否。

上午先到文化中心，是可容六百人的劇場，上演的節目是俄羅斯歌舞。演員都是本地的少男少女，穿著俄國服飾，表演了六七個節目，很賣力氣，看得出訓練有素，有專業水準。全團有三四十人，每天輪班演出許多場，頗見特色。

然後參觀一座希臘東正教的聖麥可教堂，規模不大，但內部陳列的造像、法器等，都是早年實物，有歷史價值。

另一處有名的「觀賞點」，是「猛禽救護中心」(Raptors' Center)。為財團法人性質的民間組織，維護某些瀕臨絕種的猛禽，最主要的便是鷹。

鷹是具有象徵意義的美國國鳥，白頭墨羽，兩翼伸展開來有七八呎，翱翔高空，威儀萬千。不過近年由於環境變遷和捕殺甚多，國鳥生機也受到嚴重威脅，據說全美存活的兀鷹一度減少到祇有幾千隻。

阿拉斯加是產鷹最多的一州，有心人士便組織了這個救護中心，「收養、救治、教育」那些受傷、生病或失落了的鷹。從一九八○年開始，他們工作很有成績。獲救的鷹經過休養生息之後，帶著編號的標誌放出去，重返自由天地。

會議廳展示了很多圖片和標本，說明工作情形。據一位負責人報告，收養一隻老鷹每年平均費用約五千元。後園中的「過客」經常有幾十隻，每年有幾個固定的日子「放生」。

中心也收養「從海濱到山巔各種受到危害的生物」，不過猛禽類是主題。有一隻很大的烏鴉被關在大門前籠子裏，牠被放生過好多次，每次都自己飛回來，臨時性的逆旅成了牠永久性的家了。

這中心不接受政府撥款，一切開支都靠民間熱心人士和機構捐贈，同時出賣錄影帶、紀念品等。工作人員都是義工，我們交談過的好幾位都是東部來的大學生。青年人為了「一念之善」，從事一種自己認為有意義的工作，是極好的自我教育。

西特卡的俄國遺風仍有所見，當地人士津津樂道。早在一七九九年（清仁宗嘉慶四年），俄國探險家巴藍諾夫 (Alexander Baranof)，在西特卡附近開闢了一片居留地，這是北美大陸上第一個由俄國政府主持下的永久性居留地。三年之後，當地的印地安人收復故土，把俄國人趕走，村舍焚燒一空。巴藍諾夫回俄後，組織了有戰船支援的部隊，於一八〇四年捲土重來，印地安土著無力抵抗，俄國人再度成為征服者，且以西特卡為首府，銳意經營，當年的大宗貿易是皮毛、漁產，還有一項就是冰。在冰箱和冷氣機發明之前，俄國人把阿拉斯加的冰塊銷往舊金山，富厚人家取為消暑之用，每噸售價七元。

在阿拉斯加，俄國因與英國的海權勢力衝突，被迫步步後撤。於是有一八六七年（清穆宗同治六年）俄國將阿拉斯加讓售給美國的協議。美方由國務卿薛華德 (W. H. Seward) 主持協商，出價七百二十萬元成交，比俄方的底價高出了二百二十萬元，一時輿論譁然。

一八六七年是南北戰爭結束的第二年，薛華德眼光遠大，主張美國應向外擴張，力主收購阿拉斯加這一大片當時被世人視為荒原和「冰箱」的土地。

當俄國公使與薛華德會晤時，通知他沙皇已同意簽約，因此希望能在第二天簽字定案。薛華德推案而起，「為甚麼要等到明天？」雖然國務院和俄國公使館都已下班，經緊急召集後連夜準備有關文件，一八六七年三月三十日清晨四點鐘，條約正式簽訂。隨即舉行移交，俄國國旗在西特卡降下，星條旗升起，阿拉斯加成為美國領土的一部分。可是，國會與輿論界對這筆交易毀多於譽，有人嘲笑薛華德上了俄國人的大當，「七百二十萬元買了一個無用的冰箱。」

後來阿拉斯加發現了金礦，一年產金的收入就不止七百二十萬元。近年又發現石油，經濟效益更為可觀。在冷戰期間，美俄對峙，阿拉斯加成為國防第一線。薛華德當年主導的這筆土地交易，使美國在國防安全上獲得意料之外的利益。現在冷戰結束，蘇聯解體，阿拉斯加的戰略地位又有改變，也許要被觀光事業取代了吧。

七月二十日　星期四

天氣晴

華氏七二度—六一度

今早到達柯其坎(Ketchikan)，是全程最後一個停泊的小口岸。

印地安人的口語，「柯其坎」的意思是「展開了翅膀的鷹」，形容附近高山上的飛瀑四濺，如鳶鷹飛翔。一九〇〇年代，淘金、捕魚興盛的時候，柯其坎是阿州的第四大城。

隨旅伴一起上街，信步所之就可以看遍。有一條溪水街，小溪流上架木為屋，連成一片市場。淘金時期礦工都是曠男，此地便是紅燈區。現在完全是小商店，居然還看到一家懸著中文招牌的中國餐館。

手工藝品店賣各種石雕的小玩藝兒，作得相當精緻。在這些地方，偶爾可以發現一兩位頗有閒情的藝術家，遯跡世外，飄然出塵，自得其樂。

今晚航線駛回原來的時間區，時鐘撥快一小時。

時報傳真版上並簡略報導了中共自七月廿一日起試射飛彈的消息，臺灣股市下降，國防部長呼籲大家「不要緊張」。

夜間獨自憑欄，眼前是一片茫茫，身邊有風生浪湧之聲。遙想太平洋那一方，中國人為甚麼這樣多災多難？難道就不能讓大家過一點兒平平安安的好日子？

這一夜，輾轉反側，想了很多，從過去到未來，真是剪不斷，理還亂，說不盡的煩愁。但我相信不會有甚麼太不幸的變化立即發生。

七月二十一日　星期五

天氣陰

華氏七三度—五九度

早餐時，船尾有兩隻大鳥盤旋覓食，隨波高下。放眼四望，看不到半點兒陸地的影子，這兩隻鳥從何而來？不知是否這就是「軍艦鳥」？

從柯其坎回舊金山，海程一千一百二十浬，要走兩天多。今天沒有別的事，下午看孩子們放風箏。船上旅客七成是老年人，小孩子據說不太受歡迎。今天看到一群群的小朋友跑來跑去，載歌載奔，別有一種活潑熱鬧的意趣。

船上有一些賬目要結，買錄影帶和照相等。今晚是餞別晚宴，有魚子醬，番茄濃湯和烤龍蝦，甚為豐盛。

回房填寫海關的報關單，我們甚麼也沒買，也就沒有該報的東西。還有一張旅客意見調查表，順水推舟地說說好話吧。

七月二十二日　星期六

天氣陰雨

華氏七〇度—六一度

最後一天，風雨瀟瀟，甲板上碰到的旅客，不免話別一番。同船共渡，五百年前的因緣。大家共處十來天，也算得有緣。

白天看了一場電影，演一個銀行家含冤入獄，受到虐待，後來逃獄成功，而且約了同牢的難友重幹一番事業。其中有句對話是，「希望是好事情，好事情永遠不會死掉。」

晚餐是「美國夜」，船長以次都來敬酒，主菜是阿拉斯加蟹腿。最後的尾食就叫「阿拉斯加」，大廳裡暫時把燈光都熄掉，穿著黑色小禮服的侍者排成一列，每人托著一個大托盤，原來是火燒冰淇淋和水果盅，燭光搖搖，掌聲陣陣，許多人交換拍照，有些興致勃勃的老太太拉著年輕的侍者翩翩起舞。多日相聚，都相熟了，分別的前夕不免依依。

這頓飯吃完回房時，快十一時了。

七月二十三日　星期日

晴

華氏七五度—六三度

天亮時便依稀看到青山，早餐後船已停在舊金山第卅五號碼頭。可是，下船要輪班等候。想想也是，這好比六七百人的旅館，住客要同時 check out，當然不簡單。幸而事前準備充分，行李早已送上岸，旅客分持紅黃藍白綠等不同的號碼，依序下船，井井有條。一下船，小兒來接，順利完成這一次「愛之船訪冰川」之旅。

這是一次很別致的經驗，值得回味。回來後從報上得知，有一艘「麗晶星號」在阿拉斯加的威廉王子灣因引擎失火，船上一千二百八十位乘客緊急疏散到另一條船上，倖無傷亡。但若遇到那樣的事，就未免掃興了。

原刊於民國八十五年二月四日至八日《聯合報》

燿如羿射九日落

——美國職籃大賽觀戰記

已經不祇是打球　驚險處如馬戲表演

老友自臺北來電話，問我近來何所事事？我說忙得很，忙著看籃球。美國的職業籃球大賽，緊張熱烈，精彩萬分，一看就看上了癮，欲罷不能。

記得一九九二年的奧林匹克運動會上，准許職業選手參加籃賽，美國隊盡取精英，傾巢而出，聲勢果然驚人。奧運準決賽有八隊角逐。有位歐洲名教練說，事實是那七隊都祇是爭取第二名，冠軍非美國莫屬。這一預言後來證明毫不離譜，美國隊和那七隊交手時，猶如流水行雲，打得對方落花流水，平均勝分都在四十分以上。體育記者報導，那年籃賽最精彩的一役，是美國隊分了兩組自己練習的一場球。

那支球隊被稱為「夢幻隊伍」，籃球界行家認為那是歷年未見，陣容最強的勁旅，夢中所想的一切，他們都有。

可是，奧運之後，隊長「大鳥」柏德解甲歸隱，「魔術」強森因愛滋病而告退，「空中飛人」喬丹突然改行去打棒球（今年又重新歸隊），一時顯得將才寥落，旗鼓飄零。

所幸職籃有一套選才的辦法，身懷絕技的高手，不會有明珠暗投的遺憾。去年組成的「夢幻二軍」，吸引了一批新秀，有人認為青勝於藍，比一軍更強。這些人物正是一九九五年職籃大賽中的主角。新硎而試，鋒銳可知。這樣的球賽當然大有可觀。

有人說，美國職籃已不祇是打球，驚險處更像是馬戲表演。我倒覺得，任何事能作到「技近乎神」的精妙境界，便無妨看作是一種藝術，不落言詮。

欣賞藝術，不可飛揚浮躁，更不必患得患失，祇要看到真正好的球藝，誰輸誰贏，都屬次要了。

哈林球隊首次來臺　戰況一面倒

我自幼好動，從小學五年級開始，籃、排、足、壘（那年頭兒還不興棒球），樣樣都喜歡。上中學後最熱中的是籃球，下了課打到天黑才肯回家。其間也入選過這樣那樣的球隊，繡了字的球衣一大堆。冬季的球衣有絨裏子，北平學生們稱之為「普落兒」，當時還不明白那是Pullover的音譯。不上場打球時，普落兒講究翻著穿，隊名和號碼依稀可見，透著神秘兮兮，深藏不露。時髦青年謂之為「帥」。

抗戰後期成了戰區出來的流亡學生，在河南安徽邊境的界首進了戰地進修班，三二九青年節開運動會，我們倉促成軍，居然打敗了國立某中而奪得冠軍。（那場球的裁判是焦嘉誥先生，後來曾任臺北師大體育系主任。）可惜沒有銀杯甚麼的，連照片都沒留下一張。

進大學後仍熱心打籃球，全校性的系際比賽，我們新聞系屬於「弱小民族」。那年最強的是地政系，隊長王士麟身手不凡，甚為驃悍。決賽時狹路相逢，不料哀兵致勝，新聞系竟然得了冠軍。我們歡欣若狂，士麟則氣沖牛斗。前年我們在臺北相聚，他還向我抱怨，「那場球不知怎麼搞的？」我笑說，「都快白鬍子老頭兒了，過了幾十年，還忘不了那回事？」士麟是臺灣地政和財稅專家，負過行政責任，晚歲在中部幾所大學教書。

進入新聞界服務以後，打球的機會少，看球的機會多，且都是選著最精彩的看。指點我的有兩位好友，都是當年紅牌的體育記者，一位楊佐華，他樣樣體育新聞都能跑，可是自己卻一樣也不玩。另一位劉世珍，不但是籃球高手，而且是國際裁判，後來成了全國籃協的「領導」（是會長或秘書長吧）。

看得最多的是「七虎」、「大鵬」交鋒。前者由輜汽十四團為班底，王士選、賈志軍、霍劍平、廖滌航等名將以剛直迅猛見長。後者則有游健行、淩鏡寰、朱聲漪等三劍客，旗鼓相當，互爭雄長。後來二隊歸一成了「克難」，天下英雄盡入彀中，沒有對手也就沒有競爭了。那個時期最好的球員應屬蔡文華，從容疆場，有大將之風。

中華男籃當時聲威鼎盛，有一年在世籃大賽中名列第五，王毅軍當選為全球十大最佳射手之一。

美國哈林籃球隊第一次來臺，表演之餘，也曾和我們的代表隊交手，打了二十分鐘，戰況是一面倒，哈林有個獨臂人，祇有一隻胳臂居然能盤馬彎弓，長射取分，如入無人之境。其主將「怪鵝」塔譚，時出怪招，虎鵬諸將防不勝防，相顧失色。我看過那場球之後，不勝怏怏，興趣大減。此後陳祖烈、黃國揚、葉克強等躍升主力的時候，我已到美國讀書，不能算球迷了。

以上略陳打球看球的簡歷，不敢冒充內行人，球場上的甘苦，略知皮毛而已。就憑這一知半解，談談今年的職籃大賽，這祇是霧裡看花式的藝術欣賞，您就權當臥遊吧。

球場上一眼望去　但見黑影幢幢

美國的職業運動，足球、籃球、棒球等，都是全國性的企業。有一套龐大的組織和繁密的典章制度，若要詳細研究，恐怕得寫好幾本書。

單以職籃而論，現有二十七支隊伍（下一季將增加加拿大兩隊，共二十九隊）。全國大體依地理界線分為東、西兩大區，其下又劃為四個分區。

東區之下是：

一、大西洋區（Atlantic Division），共有七隊。

二、中央區（Central Division），也是七隊。

西區之下是：

三、中西區（Midwest Division），雖祇有六隊，實力甚強，奪得王座的休士頓就在這一區。

四、太平洋區（Pacific Division），也有七隊。

二十七隊實力高下不等（但並不是天地懸殊），不暇一一介紹。每一個球隊都有會長、總經理、總教練，其下又有專技教練，有的教射籃，有的教搶籃板；人事、訓練、管理、公關等等，各有專司。

單以球員而言，每隊十二人，二十七個隊編制上就有三百二十四人。全美國打籃球的人口可能有幾百萬，光是大學聯賽也有幾千人，能打到「職籃」圈子裡的祇有這三百多人，可說人人驍勇，箇箇精強，其球技、體力、經驗，遠非一般球員所能及。他們絕大多數是從中學、大學的代表隊中磨練出來，由地區性而全國性嶄露頭角。全美大學和學院有一兩千所，能打進大聯籃賽約上百個球隊，這些隊裡的頂尖好手，往往也就是職籃的生力軍。他們選拔人才有嚴格的標準和方式。儘管打職籃是許多青年人的夢想，真正美夢成真的，祇有極少數的幸運兒。

由於天賦體能，職籃球員大約百分之七十以上是黑人，近年說法是非洲裔美人。球場上一眼望去，但見黑烏烏的黑影幢幢，很難分得清楚誰是誰。我訓練自己看球，第一先從「認人」開始。

光認人還不夠，要進一步看資料、讀新聞、讀書。

有些權威評論家為美國職籃球員打分數，分為一至五分等級別，除去坐板凳的新手和傷號之外，夠得上評分的有二百八十四人；評分4－（四減）以上的祇有六十九個人，不及總數百分之二十五。這些人才是各隊縱橫疆場的主力，也就是球迷們心嚮往之的對象。

評分並不是主觀判定，高下隨心，而以客觀數據統計為準。得分、罰球、三分球（廿二呎以外的長射）、助攻（往往是最好看的妙傳）、搶籃板、攔截、失誤等，逐項累計，八十二場的成績算總帳。當然也還有球員的心態、風度，諸如是否服從教練、是否與球友合作，以及勝不驕、敗不餒等精神分數，也有一套標準。

到了4一級便可以在職籃一般球隊裡，擔任正選，所謂先發球員。如要成為幾支強隊裡的正選，那就要4以上。

5分就是明星球員，相當於入選國家代表隊水準。

還有5＋乃是超級明星，眼前不過三五人而已。愛好球藝的人，一見就會分辨得出來，而且過目難忘。這幾個超強稍顯身手，便與眾不同，不由人不印象深刻。

今年總冠軍火箭隊由歐拉朱萬掛帥

美國職籃大賽，自每年十一月打到次年四月間，都是籃球季。廿七隊健兒分區廝殺，都要打八十多場，勝場越多，敗陣越少，名次就越高。東西區各留下四隊，再打季後賽。

在準決賽過程中，是十戰四勝，戰事密集，八個種子隊戰力更為接近，所以打起來格外精彩，場場都有高潮。經層層淘汰，八隊選四，四選二，到最後是東西兩區的勝隊最後的決戰，也是七戰四勝，勝者為王。

一九九五年贏得總冠軍的，是休士頓的火箭隊。中軍掛帥的「非洲天王」歐拉朱萬，出生非洲奈及利亞。一九八三年來美入休士頓大學，第二年就被火箭羅致開始打職籃。去年火箭一飛沖天，奪得總冠軍，歐拉朱萬當選「最有價值球員」。今年季賽戰績不佳，火箭在八個種子隊裡名列第六，很多球迷都認為它斷無奪標之望，想不到準決賽後越打越好。好幾次眼看就要落馬，竟能化險為夷，絕處逢生。六月份總比賽，火箭第一場以一二〇對一一八兩分之差，擊敗了「俠客」歐尼爾領軍的魔術隊，此後越戰越勇，一口氣直落四贏得了王座，威風八面，風光十足。

超級明星喬丹、巴克萊連四強都未進入

二十七個球隊，各有兩個名稱，一個是地名，大都以球隊所在的「市」為名，（少數是以州為名，如加州的「金州勇士」，印地安納州的「溜馬」。）另一個才是隊名，如火箭、魔術等。兩個名字講的是同一個隊，初看時不免眼花撩亂。

球隊以「本市」為基地，在自己球場為「主隊」，出征則是「客隊」。主客輪流，機會均等；有人說，在本市球場打球，地利人和，等於佔了五十分的優勢。事實未必盡然。不管觀眾助陣多麼熱烈，球打不好照樣不靈。

看計分牌，隊名在上面的是客隊，下面是主隊。再看球員的球衣，客隊是深色，大多是紅、藍、黑為主色。主隊是淺色，十之八九是白的。對客軍表示禮遇，也讓觀眾容易分辨誰是誰。

球衣正面是隊名和號碼，背面則有球員的大名。儘管如此，因為動作太快，調度頻繁，還是不容易認清。偷巧的辦法是先記號碼，以後再按圖索驥，一個個去「深入研究」。

八個種子隊裡，名滿天下的高手如雲，譬如：

芝加哥的公牛隊，有喬丹和皮朋。

紐約的尼克隊，有尤英。

猶他州的爵士隊，有馬龍和史托克頓。

鳳凰城的太陽隊，有巴克萊和詹森。

今年在準決賽中這四隊都被淘汰出局，萬千球迷為之失望。像喬丹和巴克萊這兩個大光頭，屬於五星級的超強明星。喬丹捲土重來，被認為是挽回職籃票房的大利多，巴克萊在季賽中斬將奪旗，頗有冠軍相，卻連四強都沒有打入。

喬丹與巴克萊在國內外聲名響亮，年薪加上豐厚的廣告收入，各在兩三千萬元。在臺北的書店街，都有這兩個人傳記的中譯本，國內球迷對他們應很熟悉。職籃球員從二十三四歲打起，三十歲是巔峰，三十五歲大概是極限。這兩位都已年逾三十，快要盛極而衰。有「惡漢」之稱的巴克萊已有「收山」之意，志在競選阿拉巴馬州州長。

球迷寫出大字報：「你的戒指是幾號？」

今年職籃大賽的四強是：

休士頓市的火箭隊 (Rockets)，主帥歐拉朱萬 (Hakeem Olajuwon)，氣吞河嶽，勇冠群雄，是目前職籃中第一號戰將，足可與職籃史上的張伯倫、羅素、賈霸等名將並駕齊驅。此人身高七呎，體重二百三十五磅，速度好，耐力強，雖在萬馬奔騰之際，凌空躍起那一剎那，出手的方位和高度無人能預測，對方以兩三個人圍堵他，也未必奏效。一場球往往獨取三四十分，更好的是他從不矜功伐過，更不驕氣逼人。中央一線不能突破時，他會巧妙地供輸外線，使隊友乘虛而入，或以長程砲擊建功。

天王的體力正達巔峰狀態，他的智慧與毅力更無人能及。火箭勝在團隊一致，他正是領導群倫，共趨一鵠的主導力量。

三十二歲的崔斯勒，和歐拉朱萬是休大校隊老搭檔，今年兩個人配合作戰，如虎添翼。崔斯勒過去在別的隊有兩次打到決賽，但都功敗垂成，這次是拚了老命。第三場決賽勝利時，場邊有人寫出大字報，問崔斯勒「你的戒指是幾號大小？」預祝他們拿冠軍，這次他真的有戒指戴了。

歐拉朱萬代表「現在」，歐尼爾 (Shaquille O'Neal) 代表的是「將來」，小歐比大歐年輕約十歲，身高七呎一，體重三百磅，比大歐要大一號。論體力和彈性，都視大歐有過之，可是實戰經驗和耐力卻顯然不及。大軍相當之際，尤其是在那電光石火，瞬息萬變的時刻，身為大將者除了勇邁群倫之外，更要有一番「寓理帥氣」的修持。說起來似乎有些玄，但勝負得失關鍵在此。

歐尼爾屬於奧蘭多的「魔術隊」(Magic)，奧蘭多 (Orlando) 是南方佛羅里達州的大城。魔術成軍短短數年，便有問鼎中原的佳績，前途大有可為。歐拉朱萬就稱許歐尼爾「將來會開創一個新時代」。這兩大中鋒互相推崇，是今年的佳話。

聖安東尼的「馬刺隊」(Spurs)，在季賽中連勝六十餘場，甚為各方看好。中鋒「海軍上將」羅賓森(David Robinson)被選為最有價值球員，聲光一時在兩歐之上。可惜準決賽後，全隊士氣不振，由小輸而大敗，被火箭淘汰出局。羅賓森球藝人品，都屬上選，但無法突破歐拉朱萬的封鎖網，令人徒嘆奈何。

馬刺有一怪人羅德曼(Dennis Rodman)，渾身刺青，一股氓氣，每逢大賽必染髮，今天紅色，明天綠色，下一回又染成金色。他接受《紐約時報》專訪時說：「球迷花高價來看球，我們應儘量讓他們開心。我覺得我是娛樂界的一分子。」他和女星瑪丹娜曾有一段露水緣，娛樂味道甚濃。

羅德曼球打得不錯，搶籃板球拿手，被稱為「籃板王」。可能因此養成了驕縱之氣，不服教練調度，又愛和人吵架。練球時託故不到，被教頭冷凍起來，最重要的比賽中，他把球鞋脫下來坐冷板凳。

出人意料打進四強的是印地安納州的「溜馬隊」(Pacers)，很多人認為它是攪局隊，紐約和芝加哥不能出線，溜馬卻堂堂進入四強，眾心難平。不過溜馬在這次大賽中表現不弱，和魔術對壘有兩場可圈可點。主將密勒(Reggie Miller)，小光頭，搧風耳，文質彬彬的樣子，三分外線極有準頭。職籃群雄憑三分球累積得八百分以上的，祇有四個人，密勒即其中之一。他的姐姐是女籃國手，已進入名人堂。

五月卅日，溜馬對魔術之戰，祇剩下十三秒鐘，雙方急攻速進，一兩分的上下，先後四度爭先，溜馬在最後進球，以九四比九三險勝。那樣戲劇性的起伏，看得觀眾如癡如狂。職籃的收入靠門票和電視轉播權利金。因為它有高度的懸疑性，美國各地賭場內都有盤口，連倫敦也有專線行情。誰輸誰贏，可能牽涉到大把的銀子和許多賭徒的「興衰」。因此有人懷疑，職籃也像拳擊、角力等，勝負早有暗盤安排。照我看來不太可能，十三秒鐘內勝負四度易手，誰能有那麼大的法力，安排得那樣緊湊？

地虎鬥天龍　未必就佔下風

臺灣職籃有外籍兵團，引入了外來的打法，有助於提高水準和票房的吸引力。美國儘管人力充沛，也同樣有「外勞」效命，大部分是歐洲來的。他們可以打職籃，拿高薪，但不能成為美國國家代表隊。到了奧運時，他們就會為自己國家打拚。

像公牛隊的庫柯奇（Toni Kukoc），三度當選歐洲明星球員，兩度領軍為南斯拉夫（一九八八）和克羅西亞（一九九二）在奧運奪得銀牌。球打得好，人又很帥，與皮朋和喬丹的搭配也漸入佳境。另一個胖嘟嘟的龍里（Luc Longley），還在後備之列，曾是澳大利亞奧運的籃球隊長。

洛杉磯的湖人隊，旗下有狄瓦克 (Vlade Divac)，也是前南斯拉夫的奧運代表，留著大鬍子，算是中鋒人才裡的一把手。

今年最出色的外勞，是溜馬隊的史密茲 (Rik Smits)，荷蘭來的大高個（七呎四吋），雖然動作不甚靈活，但肯拚敢纏，為溜馬晉位四強立下汗馬之功。

臺灣職籃規定，場上的外籍兵團「不得超過五分之二」，這不僅在保護自己的人才，也為保障職籃的發展，不容喧賓奪主，這規定是很合理的。美國雖無此明文規定，事實上外勞佔一席之地已不容易，不可能超過五分之二。

以上幾位外籍球員，至少有兩個共同特色，身材高大，都在七呎左右；而且都是白人。

說到球員的身材，使人想到武俠小說裡講各種兵器的名言：「一寸長，一寸強；一寸短，一寸險。」球員的身體就是他的武器，長短之間，各有利弊。長人掌握制空優勢，進攻防守，佔很大便宜。像歐拉朱萬、歐尼爾、尤英、和羅賓森這四大中鋒，球技的充分發揮，一部分也靠身高臂長，人所不「及」。

不過，長人鐵臂雖然構成天羅地網，有些特具爆炸性的矮將，依然可以乘虛蹈隙，強渡關山。今年大賽中就有好幾位，像火箭隊的卡塞爾 (Sam Cassell) 六呎三吋，遠投近取，時有意料不到的佳作。他打職籃才兩年，就連得兩年冠軍。去年的冠軍戒指獻給媽媽，今年的一個留給自己。

以職籃標準，七呎以上算長人，六呎五吋以下就算矮將了；尼克隊的史塔克頓，六呎五吋；太陽隊的凱文・詹森，六呎一吋；騎士隊的普來斯，六呎；馬刺隊的阿渥瑞・詹森，祇有五呎十一吋；都是能在重圍中殺出血路的趙子龍，劍劈槍挑，令對方頭痛不已。

東方人身材較矮，又粗又長又靈活的體型很難得，介紹這幾位矮將，對國內的球員或有鼓勵作用。矮一點沒關係，但要加緊磨礪，跑得快、跳得高，閃得活，灌起籃來照樣可以疾雷貫頂，地虎鬥天龍，未必一定就佔下風。

世代交替　球壇比政壇更快

看了幾十場球，總的印象是：

第一是速度，一場球四節四十八分鐘，主客兩隊得分各在一百以上是很平常的事。看那一路急攻，躍起探籃，真如杜工部讚美公孫大娘弟子舞劍：「爥如羿射九日落，矯如群帝驂龍翔。」看得人目不暇給，而且有收有放，疾徐中度，「來如雷霆收震怒，罷如江海凝清光。」

那樣的乾淨俐落，令人不由得要喝采，浮一大白。

其次是默契，上得場去，五個人像一個人。有時前鋒長驅直入，眼看要挺身灌籃，忽然敵方守衛一柱擎天，攔住去路；那鋒將眉頭都不皺，把球兒向肩後拋去，好像是「送」了。其實他在前面屏障，後面早有人補上，嚴絲合縫，破網得分。這中間的過程不到十分之一秒。類似此等驚險絕倫的妙傳，運氣好的話一場中可以看到好幾次。默契到家，無可解說。

第三是準頭，近距離的灌籃和鈎射等，不必說了，就是廿二呎以外的長射，由於平日苦練有成，許多射手都有百步穿楊之功。

正規一場球，連休息時間約一個小時；可是職籃轉播往往兩個鐘頭還不了。發球、爭球、罰球、再加上廣告，更有「暫停」次數也多。尤其兩隊實力不相上下，輸贏衹在一兩分時，這邊進了一球，那邊一定叫暫停，緊急研商新的戰術和策略，反之亦然。一起一伏的拉鋸戰，教練、球員緊張，觀眾更緊張得要命——但也最為過癮。

調兵遣將，運籌帷幄，是總教練的職責。不管多麼大牌的球員，對教練都是俯首帖耳，服從指揮。好教練目前也缺「貨」，尼克隊教練辭職，繼任者尚未敲定，前任的五年合約共一千五百萬元。不過，賺這份薪水不容易，單是場邊的壓力，就很不好消受。

一九九四～九五年的ＮＢＡ大賽已圓滿結束，為準備一九九六年奧運會，「夢幻三軍」

初步選出十人。三個中鋒就是兩歐一羅，前鋒是馬龍和皮朋，加上活塞隊的奚爾，公鹿隊的葛林・羅賓遜。後衛是溜馬的密勒，魔術隊的哈達威和爵士隊的史托克頓。

大致是老中青結合，歐拉朱萬、史托克頓、皮朋、馬龍等是老將，奚爾和葛林・羅賓遜則是祇有一兩年資歷的新秀。

留下兩個空額讓選拔會再考慮，名將如尤英、喬丹、巴克萊等似乎都難捲土重來。世代交替，球場比政壇更快。

球場比政壇更公平，更公道，更公開，金權和黑道作用不大，真正到了「技近乎神」的境界，誰也擋不了「好人出頭」。看螢光幕上的慢動作，那樣勇往直前，勢若霹靂，剎那間又轉為那樣的空靈縹緲，說是一幅畫，又是一首詩，像后羿的神箭射落了九個太陽，簡直是神話一樣的不可思議。

原刊於民國八十四年七月十九日、廿日《聯合報》

看勇者

觀賞奧林匹克運動會百年盛會的節目，即使沒有那霹靂一聲、震撼全球的炸彈案，也就很驚心動魄了。

全國廣播公司（NBC）獨家轉播奧運，下了好幾億的本錢，當然大播特播，從清晨到深夜，除了午間三四小時間斷之外，幾乎全是奧運、奧運、奧運。體操、游泳、馬術、田徑；就是很少看到我喜歡看的籃球。大會之前「夢幻三軍」的暖身賽我看了好幾場，那十二怒漢，球是真打得好，但看上去總有一股說不出的霸氣和驕氣，恨不得有人能贏他們一場才好。但是，環顧當世球壇，誰能有那般本領？「惡漢」巴克萊說得很俏皮，「能打贏我們這一隊的，唯有美國女子籃球代表隊。」說了等於沒說。

體操節目是剛健與柔美的結合，一個個單打獨鬥，就算是團體賽也要每個選手輪番上場——事前的訓練、臨場的鵠待，都是很磨人的。它不像球類比賽那樣風掣電閃，此呼彼應。

體操比賽時悄然無聲而又孤立無援，形成的精神壓力重逾千鈞。

那些女選手大多數都是娃娃。羅馬尼亞的、俄羅斯的、中國大陸的、美國的，看起來差不多，輕盈嬌小，好像香扇墜，或更像是一隻隻發育未全、羽毛未豐的白鳥。奧運會場上到處看得到虎背熊腰式的男男女女，祇有這些體操選手是那樣的細嫩嬌柔。看她們演出，真是人人身懷絕技。地板操、高低槓、平衡木、跳木馬，沒有一項不是看得人目眩神迷。雖然我們外行觀眾不甚懂得其中奧妙，看多了也便能體會出一些高下之別。好到了「完美」境界，便是一動一靜皆恰到好處，不能多一分一釐，也不能少一分一釐。

最精彩的是七月廿四日的團體全能賽，美國的「七仙女」裡史卓格(Kerri Strug)的傑出表現——這不僅是傑出的運動和奧林匹克精神，而且是一篇很好的小說，一首可以流傳久遠的詩。如漢明威所說的，表現了「緊張之下的從容」。

十八歲的史卓格，身高祇有四呎九吋，體重才七十八磅，在美國隊七個選手裡，她原不算最優秀的，比她大的米勒（後來拿了一項個人金牌），比她小的莫安儂（祇有十四歲），都已是各方矚目的金牌級角色，但她卻是宿命式地要擔當大任。

美國隊從來沒有得過女子體操的團體冠軍。今年是千載一時的機會，美國隊比俄國隊稍稍領先。先前的成績都很好，第二天有兩個隊員先後犯下小錯（到了最後關頭，毫釐之差也可能就是千里之謬）；最後一個節目跳木馬，最後一個上場的就是史卓格。勝負之間，全看她了。

第一跳，起步，猛衝，翻身躍木馬，飛上半空，旋轉落下，一切近乎完美，不料最後沒站穩，跌坐在地上。場上一片驚嘆惋惜之聲。這時沒有人知道她的腳踝受了重傷。

幸好還有第二跳的機會，她忍著痛再來一次，一切美好，比第一跳更好。她飄然落地之後，左腳抬起來勉強站定，像一隻挨了槍傷的小鳥，全場爆出了如雷的掌聲。她的九・七一二分確保了美國的金牌地位。然後，電視上沒有的是，兩個助理送她去醫院急診，急急包紮好了受傷的部位，她的老教練卡洛伊抱著她上臺去領獎。這一幕年輕的「勇者畫像」，我看了好幾遍。

事後，電視和報紙爭相作過很多訪問，史卓格講過不少的話，但令人最最難忘的，是她第二次起跑時，忍著極大的痛苦，背負著比腳踝受傷更難承受的心理重擔，沈著奮進，一往無前。她說：「為美國贏取金牌，進入歷史，這是了不起的事，可是，我還是為了腿傷而煩惱。」也許她今後無法再從事體操運動，但她說，她當時的決定，完全出於自由意志，「參加奧運的一萬多名選手，都會作出和我一樣的選擇。」榮譽與責任，個人與團體，多少年的汗水辛勤，就為的這一瞬間。

當年叱吒風雲的拳王阿里，已成了柏金森病患者，行動要人攙扶，點聖火時手都在發顫。英雄遲暮，何等淒涼。

幸而有年輕一代又一代的人，這世界是勇者的世界。真正的勇者不一定要強梁霸道，而是要「雖千萬人，吾往矣」，作自己認為應該做的事，忍受痛苦犧牲，無悔無怨。

原刊於民國八十五年八月十日《聯合報》

舊金山先生

普立茲文學獎和新聞獎，是美國文化界一年一度的盛事。但也正因為一年一度，年年有之，漸漸成了像「選美」似的例行公事。更由於給獎的名目繁多，看得人眼花撩亂，反而減低了它的號召性。誰得獎沒得獎，不大能引起人們的關心。

今年有些不同，因為頒發了一項特別貢獻獎，得獎的是高齡八十歲的《舊金山紀事報》專欄作家甘恩(Herb Cane)。普立茲獎雖每年都有，但特殊貢獻獎特別名貴，自普立茲獎設置七十九年以來，一共祇發過四次。過去得主包括名政論家、《公共哲學》作者李普曼，和號稱「通儒」的散文家懷特。

甘恩早自一九三八年就為《紀事報》寫專欄，每天一篇，每篇千字，大自國家要政，小至里巷新聞，他都可取為素材，寫得最多的還是舊金山這個城市裏的人和事。他的筆調詼諧與辛辣並陳，一般人都欣賞他的機鋒與風趣。不過，在人關大節之處，他頗能堅守自己的立場，絕不阿世媚俗。舉例說，他一貫反對死刑，鼓吹甚力。而當前民心所向，無論是在加州或全美國，仍以主張應保留死刑者為主流。甘恩的鼓吹似乎失策，但他忠於自己的信念，是其所是，亦有為流俗不能及之風格。許多人不同意他的見解，卻欽佩他的立言之勇。

柏克萊加州大學新聞研究所主任高斯坦(Tom Goldstein)稱讚甘恩對舊金山影響之深遠，「超過了過去和現在的全美國任何大城市裏的任何一位專欄作家。」用中國的老話，可謂曠古絕今了。正因如此，甘恩被大家稱為「舊金山先生」。

甘恩八十誕辰之日，在專欄中提到，他四十歲時已經微禿，如有人從高處下望，「我的頭頂好像月光溶溶下的富士山」。

四十年後的今天，「已經和埃佛勒斯峰一樣了」。他的專欄分若干小節，信手拈來，皆成妙趣。筆下有許多簡寫的字，如「週末」就寫成Wkend，讀者日久看慣，也都能接受；反成了他的一種特別味道。

普立茲獎揭曉在四月初，當友人轉達得獎的消息時，甘恩說，「這是不是愚人節的笑話？」得獎後不久，甘恩於四月二十日和他的多年女友莫樂(Ann Moller)結婚。他們兩人以前都曾結過婚，各有成年的兒女。在莫樂女士住宅裡舉行的婚禮，祇有家屬參加，他的兒子作伴郎，她的女兒作伴娘，新郎倌送給新娘的戒指，是跟他的兒媳暫借來的。婚禮中唯一的外人，是舊金山新選的黑人市長勃朗，也是個多彩多姿的人物。他以老友身分為這一對黃昏之戀的愛侶證婚。

五月間，舊金山市議會一致通過，為了感念甘恩的貢獻，要選一條靠海濱的路以他的姓名命名。涉及港區道路，須經港務局表決後，以漁人碼頭南下，沿舊金山灣約三點二哩長的街道，定名為「甘恩街」。這種紀念方式相當隆重，過去名流作家都是在歿世之後才有這樣的安排。甘恩卻能親眼看到他熱愛的城市回報他的愛心，應是與「金榜題名，洞房花燭」一樣值得高興吧。

但，禍福相倚，悲喜相鄰，就在得獎、成婚、受表揚之後未久，甘恩在專欄中自己透露，醫生證實他患了癌症。雖然他沒有談到病情，但八十高齡而得到了這樣的病症，當然讓人擔心。消息傳出之後，各地讀者函電交馳，紛紛向他致候。這老人在專欄中仍不改生平頑健樂觀的口吻。舊金山正籌建一座新的球場，可能要好幾年才能完工。甘恩說，他希望他能高高興興地參加球場的落成大典。

活到八十歲，每天寫專欄，寫了五十八年，哥倫比亞大學普立茲獎委員會在頌詞中，稱許他卓越而持續的努力，成為舊金山的良知與代言人。他這種敬業有恆的精神，的確令人讚佩。

（附記）甘恩以癌症不治，於一九九七年一月病逝，舊金山市隆重追悼。

原刊於民國八十五年六月十五日《聯合報》

高華氣質之星

美人自古如名將，不許人間見白頭。

美人遲暮，多少有些淒涼；但遲暮的美人能在安靜環境中溘然長逝，則是一種福分。像葛麗亞・嘉遜(Greer Garson)應算是福慧雙修的代表。她在四月六日晨病逝於達拉斯，享齡九十二歲——沒想到她有那麼老了。

好萊塢星海浮沈，「最美麗的動物」之類的明星何止百人；有些看看雖也覺得可喜可愛，但隨即淡化如輕煙；一直令我佇著敬慕之情，並且認為她是「最好的」一位，便是葛麗亞・嘉遜。每聽到有人稱讚女性的內在美時，便會想起她來。

她於一九〇三年九月廿九日在北愛爾蘭出生，父親早逝，她隨寡母遷居倫敦。母親希望她長大了當教師。她卻從小就醉心演藝事業。在倫敦大學畢業之後，她放棄了一家大廣告公司的職位，進入伯明罕劇團。多讀了幾年書，大有助於她的卓然不群的氣質。「腹有詩書氣自華」，洵非虛語。她很快就成為舞臺上的主角，被譽為最有前途的新星。

米高梅公司的老闆梅葉，在臺下看戲，看中了她的才藝，爭取她上銀幕，週薪五百元，是當時的天價。她果然不負所望，從一九三九年到好萊塢開始，七度提名奧斯卡；票房的成功自不必說，更難得的是，在一九四〇年代第二次大戰期間，她塑造了一種堅毅、勇決而又溫柔的賢妻良母的典型。在面臨艱苦挑戰時，從容鎮定，絕不屈服。

像她主演的「忠勇之家」(Mrs. Miniver)，根據小說改編，描述一個英國平民家庭，在面對希特勒德軍入侵威脅之下，沈著應變。全片並沒有砲火橫飛的場面，也沒有官兵奮戰的鏡頭，但戰爭的陰影無所不及。英雄主義的精神，表現在最平凡的家庭主婦身上、犧牲奉獻，才能維護自由平安的生活。這部影片在世界各地都受到好評，並當選最佳影片，與當時的大環境和民心所向有關。從激勵人心而又呈現高度藝術價值而言，「忠勇之家」誠為難得佳構。

給我印象最深的兩部影片，則是「居禮夫人」(Madame Curie)和「鴛夢重溫」(Random Harvest)。

居禮夫人和她的丈夫因發現鐳的放射性獲得一九〇三年諾貝爾物理獎，是女性科學家獲獎的第一人。這對年輕夫婦在漏雨的破舊實驗室中苦心研究，後來有了重大突破，本可藉此致富，但他們卻本乎崇高的人道精神，把成果公諸於世，開啟了放射性物質治療癌症之門。

嘉遜演的居禮夫人，從三餐不能果腹的窮學生，自故鄉波蘭到巴黎讀書，一直演到白髮垂暮之年，獲頒諾貝爾獎致答詞。我記得最清楚的一幕是，她的丈夫（由華德・畢勤扮演，她的銀幕搭檔）出門去為她買一副耳環慶祝新實驗室啟用，竟不幸被馬車撞倒致死。嘉遜在聽到噩耗之後，慢慢把窗帘一一拉起來，暮色陰沈中埋頭飲泣，那種痛失伴侶和同道的沈哀，遠比號啕悲慟更讓人同情。

「鴛夢重溫」也是名著改編，嘉遜嫁給一個貴族，此人戰時受炮轟影響失去記憶，連太太也不認得了。經過許多曲折，他重返以前住過的地方，用一柄舊鑰匙打開房門，在一剎那間觸及前情，恢復了記憶。頗富傳奇性，是一九四三年票房最高的影片。吳魯芹先生曾譯出小說原著，中譯本的書名是《尋》，明華書局出版，現在恐怕不容易找到了。

嘉遜曾三度結婚，第一任丈夫是英國公務員，第二位是演員，比她年輕十歲。兩次婚姻都以仳離結束。第三位丈夫是石油業巨子，數年前病逝。嘉遜早已脫離演藝生涯，閉門靜居，仍熱心支持文化和慈善事業。南方美以美大學的葛麗亞・嘉遜劇場，就是由她捐贈一千萬元而設的。

原刊於民國八十五年五月四日《聯合報》

鮑爾自傳

美國的大選目前已開始明朗化了。共和黨當初群雄並起，爭取總統候選人提名的有志之士，不下十人之多。一直到三月十二日的「超級星期二」那天，有七個州的初選中都是參院多數黨領袖杜爾獲勝。八月間開黨代表大會時，應可穩獲提名。先前好幾次的挫敗，今年總算是有志者事竟成。

但，贏得黨內提名，「成」也祇能說是成了一半。許多專家分析，杜爾如果要想在十一月擊敗現任總統柯林頓，必須慎選搭檔；一般多認為，杜爾若與鮑爾聯手，則勝算可期。我個人也抱著這種看法。最近讀完了鮑爾（Colin Powell）的自傳《我的美國旅程》（*My American Journey*），更覺得這人器宇開闊，在軍中是人將之材；換一個跑道，也會遠比眼前的一些政客高明多多。

眾所週知，鮑爾是黑人中第一位四星上將，曾任總統的安全顧問和聯合參謀首長會議主席，這是軍職中的最高位。中東沙漠之戰，他是運籌帷幄、決勝千里的「軍師」，戰場上則是如古代勇將漢尼拔一樣的史瓦茲可夫。

鮑爾不僅是黑人，且是移民之後，他的父親出生在英屬西印度群島。所以，即在美國的黑人中，他也不是「主流」。當美國近年來反外來移民心理相當普遍時，鮑爾好比一本「正面教材」。他從寒微的家世環境中砥礪學行，憑著優異的成績和遠大的器識而逐步高升，成功殊非倖致。

鮑爾書中不諱言他和他的家人朋友們，因膚色而遭歧視的不愉快遭遇，但他仍體會到自由開放的美國，是一個人人都有機會發展的地方。社會上種族偏見至今猶存，但實施募兵制的美國三軍部隊裡，黑白平等大體已完全作到了。

以鮑爾為例，可以看出人才培養之不易；一個人首先要能立定志向，力爭上游，然後朝著這個目標埋頭苦幹，百折不回。大環境的配合也很重要。鮑爾沒有進過軍官學校，但他在紐約市大學參加預備軍官訓練，成績優良而進入軍中。藉著軍方鼓勵進修的制度，他完成了碩士學位，又被選到白宮去「實習」。此後各方都爭取他，有本領的人才，到處都歡迎。他先後到韓國、越南打過仗，從沙場經驗中體悟出一個基本道理，出兵作戰，必須先確定政略目標。在「為何而戰」的大前提上若是混沌不明，結果一定糟糕。越戰就是最明顯的例證。

他對美軍（特別是陸軍）的組織建制、特色、重要將領的介紹等，都說得很透徹。對未來的國防大計，他主張應力求精簡，重質為先。不過，對於某些政客為了取悅眾人，不切實際地裁抑軍力，不表苟同。書中有段記載很有趣味。鮑爾於一九九〇年初奉派到維也納出席歐洲安全合作會議，席間有北大西洋公約和華沙公約以及不結盟國家的軍事首長出席。鮑爾報告時引述美國建國初期，曾有一位參加制憲的人建議，明定美國的軍力應以二千人為限。華盛頓的反應是，「極好的建議，不過，一定要我們的敵人都同意他們的軍隊也不超過這個數額才行。」

他又說明，就當他與各國軍事首長開會時，美國國會正在千方百計把國防經費大事削減，「這就是民主政治」。

可是，民主政治不能弄到連自衛的能力都沒有。鮑爾的底線是把美軍從兩百多萬裁減到一百五十萬人。

從這本自傳看來，鮑爾是一個堅守原則、成熟穩健的領導人才。譬如軍中對待同性戀的問題，柯林頓輕率冒進，掀起軒然大波。柯林頓曾力邀鮑爾入閣，國務卿或國防部長由他挑選，他都遜謝不遑。他認為逃避兵役的柯林頓，當總統不夠材料。

到目前為止，鮑爾仍不願踏入政途。為了取代「不夠材料」的柯林頓，他是否會出山呢？

各方都在期待中。

原刊於民國八十五年四月六日《聯合報》

去思

一九七〇年秋間，我應美國新聞學會之邀，參加在哥倫比亞大學舉辦的亞洲編輯人圓桌會議，為期約一個月。會後到各地參觀，途中忽在廣播中聽到埃及總統納瑟(Gamel Abdel Nasser)猝逝的消息。當時的納瑟，是埃及黨政軍一把抓的首領，也是第三世界不結盟運動的核心人物，在國際政治舞臺上有相當份量。他以盛年去世，影響自甚複雜。趕緊找報紙來看，發現當天《紐約時報》報導納瑟的傳記資料和圖片，整整兩個全版。從死訊證實到報紙印出來，祇有短短幾個小時，倉猝間如何寫得這樣詳實？後來有機會參觀《紐約時報》，才明白他們對當世名人傳略，是經常撰寫、隨時補充修正。任何一位重要人物的資料立即可拿得出來；加上最後一筆，就是完整的傳略。至其繁簡輕重，則以每個人的成就和影響而定。重要性並不以政治、外交等為限；文化學術、經貿企業等各方面的人都有，數量上也許佔得還要多些。像小說家張愛玲女士逝世之後，時報刊出的悼念文章，大體相當中肯。外國人出現在這一版的為數不多，去取之間，很有分寸。

我近來看的《紐約時報》是西岸版，比紐約市版篇幅少些，平日也還有五六十頁，即十四五大張，與臺北的《聯合報》相近。時報「訃聞版」(Obituaries)，平日佔一頁篇幅，排在國內外要聞的最後。

訃聞這兩個字，中國人有些忌諱，我以前很少讀它；近時略空閒些，常加瀏覽，覺得受益不少，並不衹是大人物的行狀和諛墓之詞。

新聞學裡一個歷久彌新的原則，「人，最感興趣的就是人。」從新聞到歷史，人物都是中心。不論是英雄造時勢或時勢造英雄，真正的英雄總是大家都重視的。

像時代華納公司系統之下有許多種期刊雜誌，《時代》週刊影響遐邇，名滿天下，但投下的人力物力極為可觀。後起的《人物》(*People*)，也是週刊，篇幅差不多，輕輕鬆鬆便有五六百萬份銷路。我覺得它像是《時代》的副產品，抓緊人物為主題，成為吸引讀者的特色。

時報的訃聞版，內容都是對剛剛去世的新聞人物誌其去思。每天有四五位主要人物，千言左右的生平紀要，大都附有照片。另有一欄用很小的字排出二三十個人喪祭簡訊，有點兒像國內報紙為某某人舉行公祭的廣告。不過，能列入這一欄的也都有些新聞價值，並非等閒之輩。

以九月廿九日為例，報導的有一位名建築家，一位公共衛生專家，一位生態學家（他用一個九呎見方的鋼箱，養了一千八百隻老鼠，比正常老鼠社會裏「鼠口」密度要大十六倍。他用這個試驗作模型，證明人口過多，居處過於密集可能引發的種種嚴重後果）。

最主要的是狄蘭尼（Bessie Delany）女士，她是紐約市有史以來第二位黑人牙科醫師，活到一百零四歲，自是一方人瑞。更難得的是她有一位相依為命的姐姐，高齡一百零六歲，在追悼儀式中為她在棺材上灑聖水。這是由天主教特許的榮典。姐姐說，她們倆之所以長壽，「因為我們都沒有把人煩死的丈夫。」她們沒結婚，祇有一大群姪兒女和孫輩。狄女士一九九三年製作了口述歷史錄音，有人根據她的奮鬥經過，改編成舞臺劇「知無不言」（Having Our Say），正在百老匯上演。

歷時兩個多小時的儀式，上千弔客參加，包括紐約前任市長等，大家都稱讚逝者，是婦女運動和爭取人權平等的先驅。這篇報導讀來頗感溫馨。

好人，即使百年之後，自有其值得尊敬讚美之處。所謂「典型長存」也。這樣的訃聞版，不是無聊的歌功頌德，而是以真實事跡昭垂後世，永留去思。時報的作法有可取之處。

原刊於民國八十四年十月廿一日《聯合報》

價值何在？

四年一度的美國總統大選，十一月五日就要投票了。今年的爭論，除了減稅、平衡預算等老題目之外，還有一個更老的，便是「價值觀」。兩黨的說法各有不同，共和黨的杜爾，強調的是「恢復固有價值」。民主黨的柯林頓，則高呼「保衛我們的價值」。不管他們對「價值」的內涵作何解釋，總可見美國社會價值觀念上的確出現了問題。補偏救弊，時不我予，有志擔當總統大任的人，不能不面對問題，提出對策。

其實，價值混亂，精神空虛，當今舉世皆然，何止美國如此？不過，由於美國的民主體制，大大小小的事情都攤開在光天化日之下。沒有掩飾，沒有忌諱，因而才顯得特別混亂，特別沒有「價值」。

美國的傳統價值觀，像〈獨立宣言〉中揭櫫的大原則，「人人生而平等」，憲法中強調的自由、民主、公道，理論上很好，但在現實社會中，都要通過事實考驗才能令人心悅誠服。

自哥倫布發現新大陸的時期開始，上帝、國家、家庭、榮譽、責任等觀念，如今都已淡化。上帝的神權，國家的公權，社會的清議，似乎失去了規範人群的約束力。美國的好處是自由，美國的缺點也是自由。政治人物今年流行的價值論戰，正是要在這兩極端之間，尋求適當的平衡點。

近一兩年來，討論價值觀、道德觀的書出現了好多種。班奈特 (Bill Bennett) 的《美德之書》(*Book of Virtues*) 最享盛名。此人是共和黨中倡導「道德論」的大手筆，頗有「為天地立心，為生民立命」的使命感。班奈特認為，美國目前最需要的是，「要有一套共同的瞭解，究竟甚麼行為是可以接受的」。建立這樣的共識並不簡單。當此日新月異的資訊時代，大家都接受的共識，最容易被看作是老調陳腔、明日黃花。

二十年前就有學者指出，資本主義社會裡，一面鼓勵極力發展個人自由，一面又要求嚴格的紀律和工作效率。生活態度與工作標準呈現為各趨一是的極端。這兩個無法調和的方向，不僅導致個人內心的矛盾，更促使傳統的家庭結構、社會價值發生巨變，甚至解體。

美國現在的情形是，作為社會基本單元的家庭制度，越來越動搖。離婚率近百分之五十，未婚媽媽和單親家庭越來越多。青少年犯罪和吸毒者逐年增加——這些都不祇是統計數字。今天的青少年很快就成了成年人。各種希奇古怪的事情層出不窮，都是由於「放佚無教」。

更嚴重的是，有某些以極端開明自居的人士，勇於為一切畸人怪事作辯護人。明明是暴力犯罪或色情猥褻，卻要歸罪於社會，連強暴、殺人、販毒、搶劫等罪犯，好像也各有「道理」。是非顛倒，曲直不分，甚至有人慨嘆，「這年頭好人難作」，就算不去作壞人，也犯不著老老實實作好人。所謂疏離感由此而來。人與人之間共信共守、共同尊重的價值觀越來越少了。

這正是兩黨總統候選人不約而同把恢復價值、保衛價值當作一個主要競選課題的原因。這不是甚麼保守開明之爭，而是有關興衰存亡的大問題。

美國人現在意識到價值的重要性，多少已有些痛定思痛的意味。臺灣海峽兩岸的中國人，其實也都面臨類似的考驗。號稱禮義之邦的中國，目前是一國兩制，兩種生活制度各自遭遇了許多困難。貪汙、犯罪、黑道、金權，差不多到了「大哥別笑二哥」的地步。可怕的是有許多本來很善良的人，為了自保，也不得不自私自利，甚至損人利己。

人，如果失去了價值觀，人也就成了沒有甚麼價值的東西，祇好與草木同朽。

原刊於民國八十五年十月十九日《聯合報》

兩難

文藝團體工作，向來難辦，人太少陣容不夠盛大，人太多又怕良莠不齊，無法保持一定的水準。人事之外還有經費問題，沒錢難辦事，錢的來路不正更不能辦事。過去多年來我曾積極參與筆會的工作，深悉箇中甘苦。近時聽到一些有關美國筆會的情形，純民間的文藝社團總是有這樣那樣的難處，中外都差不多。

國際筆會自一九二一年在英國創立，美國筆會是大單位之一。國際筆會現有一百二十四個分會，分屬九十一個國家，全體會員約一萬四千人（準確數目誰也說不清），美國就占了二千八百人，紐約和洛杉磯各有分會；前些年夏威夷還有一個分會，近已沒有甚麼活動。

筆會的宗旨，關心的是國際合作與創作自由，各國的筆會大都富於自由開放的色彩，組織體系鬆垮垮，依照各自認定的傳統而非嚴守規章，人治的意味甚濃。重大事情大多在執行委員會裡商量決定，全體大會不大容易召開。

美國筆會會員兩千多人，散居各地，集會更不容易。執行委員會也有九十五人，而且都是終身職，一旦入選，到死方休。從組織的運作功能來看，實在很不妥當。很少民間社團的執行機構是這樣「龐大」而又不切實際的。

執委九十五人之中，確有很多位著名的作家，他們的姓名列出來，不僅對文藝界有鼓舞群倫的作用，而且也有助於筆會本身的聲譽。可是，這些大牌作家，大都專心著作，潔身高蹈，對於世俗的開會、演講、上電視那一套，避之惟恐不及。執委會要開全體到場的會議，幾乎是不可能的事。大牌懶得出席，出席的人便往往以「各抒己見」為要務，爭辯熱烈而少有所成。據我和朋友們的印象，美國筆會的工作不及英、德等國的效率。

回想一九七〇、八〇年代，開國際筆會，在自由和共產兩大陣營之間，常常為了創作自由和作家人權而爭執不休。共產國家（主要是東歐如東德、匈牙利、保加利亞等）調門總是一致的。西方國家和亞太各國往往各行其是，步調不一。基本上反共，但也反極端的右派。西歐代表害怕再有希特勒抬頭，美國人則忘不了「非美委員會」的麥卡錫主義。

過去遇見過的幾位大家，如小說家貝婁，厄普戴克，和已去世的齊佛，都有其卓然不群的風格。如作家蘇珊桑塔談鋒之爽健，不下於她文筆之犀利，物換星移，他們似已漸漸退隱。

現任的美國筆會會長何蘭德女士（Anne Hollander），六十五歲，專攻藝術史，在文壇上不如先前那些位會長出名。不過她倒是很想實事求是作一番興革。

改革的重點首先是變更會章，改組執行委員會，減少執委的席次，由九十五人減為二十四人，其中三分之一不限於正式會員，希望由此引進一些熱心支持文藝工作而具有財力的人士。美國筆會目前年度預算一百一十萬元，如能寬籌經費，自可以作更多的事。譬如支援獄中作家等活動，單是由名作家連署通電，還是不夠；談到更實際的支援，便要有可靠的財源。

這樣的構想，一九九〇年曾嘗試推行，約請一位金融家的太太出面組織筆會之友會，但因受到某些作家的譏評，後來便無疾而終。蘇珊桑塔就認為，會章如果那樣改變，將是筆會的末日。

筆會要保持超然獨立的立場，財務上自以自給自足為理想；但想多做事，單靠會員的會費一定不夠，便不得不多籌財源，形成某種妥協。這是文藝團體的難處；往深一層說，也是生活在這個時代中的文藝工作者的矛盾。何蘭德女士說：「有些作家覺得，我們應該像福樓拜那樣，在自家農莊裡靜居數年，寫出煌煌巨著，從不愁錢的問題。處今日之世，那是不可能的。」

原刊於民國八十五年六月一日《聯合報》

童言

舊金山跟美國有相同的困難，預算軋不平，錢總是不夠用，但在文化建設方面倒並未因此停擺。去年新的現代美術館落成，今年四月間公共圖書館新廈啟用，報紙和電視上都熱鬧了好多天。一億多元的工程費用在今天已算不上大手筆；但在市府捉襟見肘，民間卻大力支援的情況下，新圖書館可謂來之不易。

美國圖書館事業發達，早期的大功臣是鋼鐵大王卡耐基；此人為蘇格蘭人後裔，刻苦自學而有成。他認為普設圖書館是最好的社會教育，他在鋼鐵業上發了大財之後，在全美各地捐建的圖書館共有一千六百七十九所。

舊金山自一八七九年就有了第一座公共圖書館，開辦費祇用了二萬四千元。後來卡耐基捐了七十五萬元，加上地方的相對配合款，才有了總館和六處分館。那是廿世紀初葉的事。幾十年後，又經歷了幾次地震搖撼，舊址既不敷用，也不安全，所以遷建新館，是市政的大事。為了籌款，還經過公民投票發行市債。

新館開幕以來，人潮湧到，想不到一位小學生的批評，掀起了一陣小小論戰，很有趣味。讀四年級的女學生鮑塞曼 (Thea Bosselmann) 熱愛偵探小說，她在新館中竟找不到她喜愛的南絲・卓系列小說，覺得很不平；館中一位負責人告訴她：那套書沒有文學價值，所以金山的總館和各分館一本都沒有。

南絲・卓 (Nancy Drew) 這套書，從一九二〇年代開始，前後出了一百本之多。鮑塞曼已經讀過五十六本，可見她入迷之深。書中的主角即南絲・卓，是一個十多歲的少女，金髮碧眼，才智過人，擅於推理，而且很能從人性分析上找出犯罪案件的來龍去脈。因為書是編給少年人看的，沒有暴力色情和血腥氣味，算得是培養思考能力的益智小說。

南絲・卓的書我也看過幾本，覺得內容太簡單了；正好像童稚時讀《彭公案》、《施公案》那些書裡，甚麼「九黃七珠」之類的破案經過，不免牽強。

這套書署名的作者是卡洛琳・吉恩 (Carolyn Keene)，其實並沒有這麼一位女士；而是由史超特梅葉 (Edward Stratemeyer) 構思大綱，口授給一群槍手作者，集體加工而成。為了保持大體上的一致性，書中重複之處不少，尤其是主角講的某些話，好多次在書裡出現。要論文學價值，的確無甚好說。二〇年代是主流文化支配一切的時代，跟目前強調的男女平等、黑白平權、多元文化等標準尚有相當距離。碧眼金髮的南絲・卓，當年是標準的美女和才女，現在就顯得她「政治上不正確」了。現在必須要有黑人、有少數民族才正確。可謂此一時、彼一時也。

可是，鮑塞曼小朋友不以為然，她寫信給《舊金山紀事報》說，「成年人不該為兒童決定甚麼書是好的，甚麼書是壞的。兒童應該能決定甚麼書是他們要讀的書。」這封信發表之後，學校師生、圖書館專家、乃至社會公眾都紛紛發表意見。

大多數都認為，南絲・卓偵探小說雖是通俗讀物，但吸引兒童開始喜歡讀書，不能說沒有貢獻。我們小時從公案書以《濟公傳》、《封神榜》之類入手，也曾有廢寢忘食的經驗，等到讀過《三國誌》、《水滸傳》、《西遊記》、《紅樓夢》等之後，自然就不會再為「九黃七珠」而咄咄稱奇了。

這一小小漣漪，倒可以反映出美式民主的風貌。即使是九歲學童，如果她覺得有甚麼事不合道理，就會挺身而出，爭辯一番。報紙和圖書館也都把它當作一回事，很認真地處理。所謂民主素養，大概就是這樣培養出來的吧。

原刊於民國八十五年五月十八日《聯合報》

三民叢刊書目

①	邁向已開發國家	孫　震著
②	經濟發展啟示錄	于宗先著
③	中國文學講話	王更生著
④	紅樓夢新解	潘重規著
⑤	紅樓夢新辨	潘重規著
⑥	自由與權威	周陽山著
⑦	勇往直前 ・傳播經營札記	石永貴著
⑧	細微的一炷香	劉紹銘著
⑨	文與情	琦　君著
⑩	在我們的時代	周志文著
⑪	中央社的故事（上） ・民國二十一年至六十一年	周培敬著
⑫	中央社的故事（下） ・民國二十一年至六十一年	周培敬著
⑬	梭羅與中國	陳長房著
⑭	時代邊緣之聲	龔鵬程著
⑮	紅學六十年	潘重規著
⑯	解咒與立法	勞思光著
⑰	對不起，借過一下	水　晶著
⑱	解體分裂的年代	楊　渡著
⑲	德國在那裏？（政治、經濟） ・聯邦德國四十年	郭恆鈺 許琳菲等著
⑳	德國在那裏？（文化、統一） ・聯邦德國四十年	郭恆鈺 許琳菲等著
㉑	浮生九四 ・雪林回憶錄	蘇雪林著
㉒	海天集	莊信正著
㉓	日本式心靈 ・文化與社會散論	李永熾著
㉔	臺灣文學風貌	李瑞騰著
㉕	干儛集	黃翰荻著

㉖作家與作品　謝冰瑩著
㉗冰瑩書信　謝冰瑩著
㉘冰瑩遊記　謝冰瑩著
㉙冰瑩憶往　謝冰瑩著
㉚冰瑩懷舊　謝冰瑩著
㉛與世界文壇對話　鄭樹森著
㉜捉狂下的興嘆　南方朔著
㉝猶記風吹水上鱗
・錢穆與現代中國學術　余英時著
㉞形象與言語
・西方現代藝術評論文集　李明明著
㉟紅學論集　潘重規著
㊱憂鬱與狂熱　孫瑋芒著
㊲黃昏過客　沙　究著
㊳帶詩蹺課去　徐望雲著
㊴走出銅像國　龔鵬程著
㊵伴我半世紀的那把琴　鄧昌國著
㊶深層思考與思考深層　劉必榮著
・轉型期國際政治的觀察
㊷瞬　間　周志文著
㊸兩岸迷宮遊戲　楊　渡著
㊹德國問題與歐洲秩序　彭滂沱著
㊺文學關懷　李瑞騰著
㊻未能忘情　劉紹銘著
㊼發展路上艱難多　孫　震著
㊽胡適叢論　周質平著
㊾水與水神　王孝廉著
・中國的民俗與人文
㊿由英雄的人到人的泯滅　金恆杰著
・法國當代文學論集
51重商主義的窘境　賴建誠著
52中國文化與現代變遷　余英時著
53橡溪雜拾　思　果著
54統一後的德國　郭恆鈺主編
55愛廬談文學　黃永武著
56南十字星座　呂大明著
57重疊的足跡　韓　秀著
58書鄉長短調　黃碧端著
59愛情・仇恨・政治　朱立民著
・漢姆雷特專論及其他

⑭⑦ 東方・西方

夏小舟 著

東方古老神祕而透徹，溫情而淡漠；西方快樂的吉他演奏悲情的歌。長年浪迹於日本與美國的作者，如同一葉小舟，以其豐富的情感，敏銳地觀察異國生活情趣不同面貌，進而以細膩文筆記錄下來，使讀者能藉由閱讀和其心靈有最深切的契合。

⑭⑧ 嗚咽海

程明琤 著

作者以行世的闊步、觀想的深情，帶領讀者閱歷世界——一同憑弔瑪雅文明的浩劫災難；吟咏廬山的懸松傲柏；繫情塞歌維亞的夕輝斜映；漫遊唐吉訶德的故鄉。更以人文的關懷，心靈的透悟來探思文化、體驗人生、拓昇智慧。

⑭⑨ 沙發椅的聯想

梅新 著

擔任中副總編輯多年，梅新先生經歷了文化界的春去秋來，看多了人事的起伏，由他敏銳的觀察力所發抒成的文字，也更能扣緊時代脈動。本書包含作家訪談、藝文評論、生活自述，透過這些真摯生動的文字，我們彷彿見到一幅筆觸淡雅的文化群相。

⑮⓪ 資訊爆炸的落塵

徐佳士 著

在日新月異的電動玩具之外，您是否亦曾留意到資訊時代來臨在你我生活中所產生的新情境？在傳播媒體提供的聲光娛樂之餘，您是否關心其後所產生的文化衝擊？本書深入淺出為您剖析資訊社會中大眾傳播激盪下的文化省思，值得您細心體會。

⑮沙漠裡的狼

白樺 著

像在冷冽的冬夜裡啜飲著濃烈的茶，感受一種在蒼茫大地上，心海澎湃的震顫。那麼地古老、深沈，剎時間，恍若置身廣闊的大漠，一回首，就是長城。這是金鼎獎作家又一直指人性，內容深刻的作品，請您在一個適合沈思的夜晚，漫步中國。

⑯風信子女郎

虹影 著

一本能深刻引起讀者共鳴的小說，其必然與人世現實生活有著緊密的關連。本書作者秉持著對人的命運的關切，遠勝於對以往藝術形式的關注，賦予了文學創作的生命。從本書作者對人物刻劃描述的過程中，可窺知作者對此一理念的堅守。

⑰塵沙掠影

馬遜 著

生命的旅途中，有許多可掌握的機運，但似乎一半早已註定……。馬遜教授從故鄉到異國求學，最後來臺定居，繼而與佛結了不解之緣。滿懷豐富的情感，細膩的筆觸，深刻的寫下了旅赴歐美等地之點滴情事，而念舊懷恩之情愫亦時時浮現於文中。

⑱飄泊的雲

莊因 著

歲月的洗禮，在人們內心深處烙印著痛苦、悲哀、快樂與美好的回憶。由於時代的變動、戰爭的摧折，作者歷盡滄桑的輾轉遷徙，使那些漂流不定、幻化多變的過往，煥發出人生的智慧。就讓我們乘著飄泊的雲，領會「知足常樂，隨遇而安」的生活哲理。

⑮⑤ 和泉式部日記

林文月 譯·圖

本書為日本平安時代文學作品中與《源氏物語》、《枕草子》鼎足而立的不朽之作。書中以簡淨的日記形式，記錄了一段不為俗世所容的戀情。優美的文字，纏綿的情詩，展現出愛情生活中細膩的起伏感受與歡愁，穿越時空，緊扣你我心弦。

⑮⑥ 愛的美麗與哀愁

夏小舟 著

愛情之於女人，常常是引誘飛蛾撲火的明燈，是絢麗的毒花，可女人偏偏渴望愛情。作者列舉許多男女的愛情、婚姻故事，郎才女貌未必幸福，摯情摯愛未必有緣，只是男人與女人之間如同萬物的規則，一物降一物，鹵水點豆腐，魔高一尺，道高一丈。

⑮⑦ 黑月

樊小玉 著

丁小玎隨著所在的中國公司到國外做勞務承包。因為是公司的英語翻譯，加上辦事勤快，見了人又總是一個柔柔和和的笑，於是很快就引起當地大部分男人的注意；而小玎能否在心儀的外交人員與愛慕自己的餐廳老闆間找到最後情感的歸宿？……

⑮⑧ 流香溪

季仲 著

作者透過一群「沿江吉普賽人」在流香溪畔發生的動人故事，牽引出現代觀念與傳統文化的價值矛盾、中日文化的碰撞衝突、人與自然的挑戰，以及善與惡的拉扯等；全書行文時而如行雲流水，時而又如波濤洶湧，讀來意趣盎然，發人深省。

⑮⑨ 史記評賞

賴漢屏 著

司馬遷《史記》一三〇篇，既是「究天人之際，通古今之變」的史學鉅著，也是我國古代傳記文學的精華。本書作者自幼即喜讀《史記》，從師學習，如今蘊藉已深，以其深厚的治學基礎，發為見解獨具的文采丰華，帶領讀者一探《史記》博雅的世界。

⑯⓪ 文學靈魂的閱讀

張堂錡 著

文學的力量使孤寂的心靈得到慰藉，貧乏的人生變得富有，唯有肯駐足品味的人才能透晰其所傳達出最深藏的祕密。本書共分三輯，窺視文學蘊含的殷情深意；感受其求新求變以及對大環境的價值。各自激發不盡的聯想與深沈的感動。

⑯① 抒情時代

鄭寶娟 著

在平淡無奇的生活中，你可曾留意生命中點點滴滴不平凡的小故事？作者以其平實的筆觸，刻劃出看似平凡卻令人難以遺忘的人生軌跡，你我都可能身在其中。書中情節所到之處，或許平凡、或許悲傷，但卻也不時充滿著生命的躍動，值得細細體會。

⑯② 九十九朵曇花

何修仁 著

人生有多少夢境會在現實中重複出現？是山間的樵歌？白雲間的群雁？還是昔日遠方純樸、悠閒的鄉間漫步？作者來自屏東，以濃郁深摯的筆調，縷縷細述人生中最動人的記憶，伴隨你我，步履於南臺灣的舊日情懷，一同感受人間最純摯的情感。

⑯163 說故事的人

彭歌 著

這是作者多年來觀察文壇、社會與新聞界的肺腑之言。輯一故事與小說自不同角度探討小說寫作；輯二人與文刻劃出許多已逝人物卓然不凡的風範；輯三海外生涯則寫遊記、觀賞職籃等旅居海外之觀感。讀了此書，彷彿親身經歷了一趟時空之旅。

⑯164 日本原形

齊濤 著

從明治維新以來，日本的一舉一動都對世界有著深遠的影響，尤其對臺灣來說，其影響更是巨大。作者長期旅日，摒除坊間「媚日」或「仇日」的論調，以客觀的描述，剖析日本的現形。對想要了解日本時勢與脈動的人來說，是不得不看的一本好書。

⑯165 從張愛玲到林懷民

高全之 著

作者以嚴謹誠虔的態度，客觀分析的筆調，來評論臺灣當代小說，深深讓讀者了解近代文學的特點，進而深入九位作者的作品中，提供一些深刻的創見，帶領你我欣賞文學的美與實，進而體驗文學對生命喜悅、悲哀等生動的描述。

⑯166 莎士比亞識字不多？

陳冠學 著

莎士比亞識字不多！一直以來被誤認是個偉大的作者。讀過本書，應能還莎士比亞一個清白，他絕對不是一個掠美者。這把聖火在臺灣重新點燃，希望將來這聖火能夠由臺灣再度傳回英國，傳到世界各地，也好讓莎士比亞的靈魂得到真正的安息。